itinéraires de dé

LES CHEMIN
COMPOSTELLE
EN TERRE DE FRANCE

TEXTE
PATRICK HUCHET

PHOTOS
YVON BOËLLE

Éditions Ouest-France

SOMMAIRE

PRÉFACE

« Ce livre se veut avant tout une invitation à partir », écrit Patrick Huchet dans les belles pages consacrées aux « vieux chemins » en pays breton. C'est incontestablement ce qu'il est, en témoignant de l'expérience de son auteur, tant de la Bretagne à la Vendée qu'au long du tronçon Le Puy-en-Velay - Conques de la Via Podiensis qu'il a parcouru, en suivant le GR 65, tracé en étroite collaboration avec le Centre européen d'etudes compostellanes, à la façon des pèlerins de jadis. C'est ce qu'il est aussi, n'ayant pas la prétention d'être exhaustif et de fournir des détails qui risqueraient fort d'être obsolètes au terme de quelques mois, en décrivant, plus sommairement, la suite de la route du Puy, les chemins de Tours, Vézelay et Arles, le chemin commun d'Ostabat à Roncevaux et le « camino » espagnol. Ceux qui auront lu cet ouvrage auront envie d'en savoir plus : ils disposeront d'autres ouvrages historiques, plus savants et plus complets, cités en bibliographie. Ils auront, pour beaucoup, envie de tenter l'expérience du pèlerinage : ils disposeront de guides touristiques et topo-guides pour marcheurs qui les accompagneront au long de leur cheminement. Ainsi, les auteurs auront atteint leur but : gageons que nombreux seront ceux qui porteront cet ouvrage dans leur sac à dos, sur les routes de Compostelle, en l'année sainte 1999 !

Que de chemin parcouru depuis le début des années 1950... Le chemin de Saint-Jacques n'était alors qu'un thème d'érudition pour quelques éminents historiens ou un thème d'aventure pour quelques originaux. Les travaux scientifiques et manifestations diverses (expositions, colloques, mais aussi pèlerinages à pied, à cheval ou par mer...) organisées par la Société des Amis de Saint-Jacques-de-Compostelle-Centre européen d'études compostelanes, sous la direction de son regretté président R. de La Coste-Messelière, l'ont popularisé au point qu'aujourd'hui il est, pour le moins, aussi fréquenté qu'au treizième siècle ! Toute contribution à cette œuvre doit être saluée avec reconnaissance. Que Patrick Huchet, l'historien, et Yvon Boëlle, le photographe, soient remerciés d'avoir apporté, comme les pèlerins d'antan, leur pierre à l'édifice.

Gérard Jugnot, maître de conférences à l'université de Reims, président de la Société des Amis de Saint-Jacques-de-Compostelle, directeur du Centre européen d'études compostellanes.

Généralités

sur le pèlerinage de Compostelle

Les pèlerinages au Moyen Âge

Saint-Jacques-de-Compostelle, pour l'homme du Moyen Âge et pour ses successeurs, n'a pas été le grand pèlerinage que voulait la nature des choses, comme le voyage d'Orient parce que là étaient les Lieux saints, ou le voyage de Rome parce que là étaient les apôtres fondateurs de l'Église d'Occident.

Compostelle, ce n'était ni le voyage vers le martyre, ni la venue vers

En page de gauche :
Charlemagne et son armée se dirigeant vers Compostelle (Codex Calixtinus).
Ci-dessous :
Fresque représentant l'arrivée de pèlerins devant une église (Brancion, Bourgogne).

le Siège apostolique. Et pourtant, par-delà l'horizon limité de mille pèlerinages entre lesquels s'inscrivait le calendrier de la piété populaire, par-delà même les perspectives des hauts lieux comme Vézelay ou Saint-Michel-au-péril-de-la-mer, Compostelle fait figure de Lieu saint privilégié. Peut-être, sans les à-coups de la piété jubilaire sans cesse ranimée par la volonté pontificale en faveur du pèlerinage romain, celui de Compostelle représente-t-il le plus fort et le plus constant des centres d'attractions religieux de l'Occident médiéval.

C'est de foi qu'il s'agit ici, avant tout. Une foi qui pousse les hommes à la mortification des cheminements difficiles, à la brisure sociale qu'est l'absence, au risque que fait planer sur le pèlerin la multiplication des occasions de maladie. Acte de foi, qui fait aller de sanctuaire en sanctuaire des hommes pour qui le chemin constellé d'étoiles devient, dans le ciel, une immense signalisation[1].

1. Préface du catalogue de l'exposition sur Saint-Jacques-de-Compostelle en 1976 à Parthenay.

Détail de la chape représentant saint Jacques, Tréguier (Côtes-d'Armor).

Ces propos de l'illustre historien Jean Favier résument parfaitement l'une des données fondamentales de la piété au Moyen Âge : le Pèlerinage.

« Marche ! Sois guéri ! Vois ! »

Appliquant à la lettre ce que leur dictait l'Évangile, des millions d'hommes et de femmes quittèrent leur foyer pour se faire pèlerins.

Aller prier sur le tombeau du Christ à Jérusalem était naturellement le pèlerinage par excellence. Mais la route des Lieux saints s'avérait un véritable calvaire pour ces humbles croyants, tant les dangers étaient grands sur les chemins « estrangers », quand les Turcs n'interdisaient pas purement et simplement le passage sur leurs territoires.

Peinture murale représentant un pèlerin à Villeneuve-d'Aveyron.

Le pèlerinage à Rome, sur les tombes des apôtres Pierre et Paul, connut un grand succès, dès le haut Moyen Âge (V^e au VIIIe siècle), à tel point que le terme de « Romieu » ou « Roumieu » servit à désigner ensuite les pèlerins, qu'ils aillent à Rome ou à Saint-Jacques-de-Compostelle.

Au Ve siècle, nos ancêtres (du moins ceux habitant la future « Touraine ») vénéraient à tel point un ancien légionnaire romain, qu'ils en firent « l'apôtre des Gaules » : saint Martin.

Le tombeau de l'évêque de Tours va devenir le sanctuaire « national » des Mérovingiens (VIe-VIIIe siècle).

Du VIe au Xe siècle, des lieux de pèlerinages naissent et prospèrent, attirant des foules considérables : Notre-Dame-du-Puy au Puy-en-Velay, Saint-Hilaire à Poitiers, Saint-Martial à Limoges, Saint-Gilles à

Miniature représentant saint Joseph et la Vierge en pèlerins.

Saint Jacques et le magicien Hermogène. Peinture murale à Saint-Macaire (Gironde).

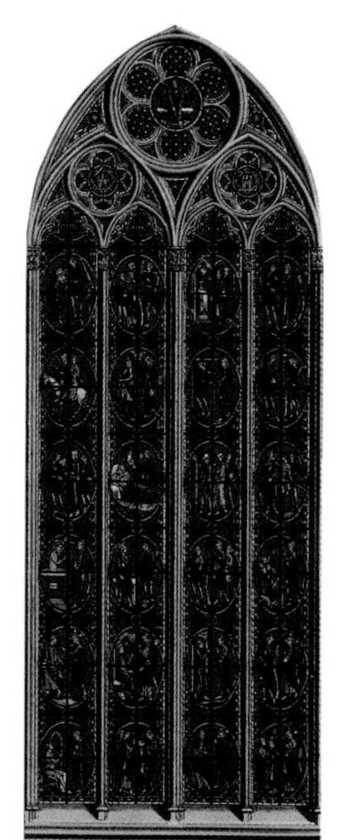

Grande verrière représentant la légende de saint Jacques. Cathédrale Saint-Gatien, Tours (Indre-et-Loire).

Saint-Gilles-du-Gard, Sainte-Foy à Conques..., sans oublier le Mont Tombe, futur Mont-Saint-Michel.

En l'an 950, accompagné d'une suite nombreuse (95 personnes), Gotescalc, évêque du Puy-en-Velay, se rend à cheval sur les lieux d'un sanctuaire dont la réputation ne cesse de grandir en ce Xe siècle : Santiago de Compostela.

Décapitation de saint Jacques. Peinture murale à Rabastens (Tarn).

La naissance du pèlerinage de Saint-Jacques-de-Compostelle

Entre l'histoire et la légende...

La vie de saint Jacques, dit « le Majeur », et la naissance du pèlerinage à Compostelle baignent dans un halo de merveilleux, caractéristique de l'époque médiévale. Il est bien difficile de faire la part de la pure légende et de la réalité historique.

L'apôtre saint Jacques

Jacques était le fils de Zébédée et de Marie Salomé. Frère de saint Jean l'Évangéliste, il fut l'un des premiers à répondre à l'appel du Christ. Lorsque celui-ci demanda aux apôtres de répandre la « bonne parole » à travers toutes les nations, Jacques se serait vu confier la lourde tâche de convertir les peuplades celtibères (la future Espagne).

Mission impossible si l'on en croit la tradition qui rapporte qu'il ne fit que neuf, voire... deux disciples, en tout et pour tout ! Jacques retourne alors en Palestine et obtient de nombreuses conversions dont l'une des plus célèbres n'est autre que celle du magicien Hermogène.

Transport du corps de saint Jacques vers la Galice. Verrière de la chapelle Saint-Jacques, Merléac (Côtes-d'Armor).

Furieux du succès grandissant des prédications de l'apôtre, les Juifs, avec à leur tête le scribe Josias, le firent arrêter et conduire, la corde au cou, auprès du roi Hérode Agrippa Ier. Aussitôt, le roi des Juifs condamne à mort le valeureux apôtre.

Sur le chemin du martyre, Jacques guérit un paralytique qui implorait son pardon. À la vue de ce miracle, Josias, qui tenait la corde le liant au saint, se jette à ses pieds et lui demande de le baptiser ; ce que l'apôtre réalise de bonne grâce... et les deux hommes furent ensuite décapités !

Cela se passait en l'an 42 ou 44 après J.-C. Le corps de saint Jacques fut jeté au-delà des murs de Jérusalem et livré en pâture aux chiens et aux rapaces.

Mais les compagnons de l'apôtre veillaient : recueillant sa dépouille, ils la déposent dans une barque. Voguant au gré des flots et des courants, guidée par un ange ou la main de Dieu (selon les diverses versions de la légende), la barque traverse la Méditerranée, passe le détroit de Gibraltar et, sept jours

La « translation » de saint Jacques

L'arrivée du corps de saint Jacques en Galice a donné lieu à de multiples récits légendaires.
L'un affirme que ce sont les compagnons de l'apôtre, saint Athanase et saint Théodore, qui ont ramené sa dépouille par mer et l'ont ensuite enterrée près de la côte.
Un autre (rédigé vers l'an 1050) rapporte que ce sont sept compagnons de l'apôtre qui ont accompagné son corps sur la barque jusqu'à Grenade et de là l'ont transporté près d'Iria, où saint Jacques avait jadis prêché.
Il existe une version encore plus fabuleuse extraite d'un manuscrit découvert à la librairie San Juan De Los Reyes à Tolède et d'un parchemin, le « Flos Sanctorum », conservé à Alcobaça.

Coquille sur un sac de pèlerin d'aujourd'hui.

De grandes fêtes avaient lieu en l'honneur du mariage d'un noble chevalier qui dans un moment d'inattention se précipita avec son cheval, dans les flots agités, au moment où, devant lui, passait la barque transportant le corps et les compagnons de l'apôtre Jacques. Tout à coup, les eaux s'apaisèrent et le vent tomba. On vit alors le noble cavalier sortir de l'eau, son cheval au harnais couvert... de coquilles Saint-Jacques (d'où le fameux symbole du pèlerinage !). Puis la barque remonta les fleuves Ulla et Sar pour s'échouer près d'Iria, où les disciples de l'apôtre déposèrent son corps sur une pierre qui, ô miracle, le reçut comme si, sur de la cire, ils avaient mis un corps de bronze incandescent et comme si elle reconnaissait la vassalité et l'honneur qu'elle devait à un si grand apôtre.
Ce prodige a été « authentifié » par les bulles pontificales des papes Clément V en 1088, Alexandre III en 1165 et Grégoire en 1227.

Peinture murale représentant la translation de saint Jacques, Rabastens (Tarn).

Le miracle du « Pendu dépendu »

Entre tous les miracles attribués à saint Jacques, l'un des plus célèbres est sans conteste celui du « Pendu dépendu » : Une famille de pèlerins allemands s'en allait à Compostelle en compagnie de leur fils, « de fort honnête figure » ; et nos braves Jacquets de faire halte dans une auberge de Santo Domingo de la Calzada. Attirée par la beauté du jeune homme, la fille de l'aubergiste tente, en vain, de le séduire. Par esprit de vengeance, elle cache une timbale d'argent dans sa besace... et court le dénoncer ! Accusé de vol, le jeune homme est jugé et condamné à être pendu. La sentence est exécutée sur-le-champ, au grand dam des parents qui décident cependant de poursuivre leur pèlerinage, en dépit d'un immense chagrin. Sur le chemin du retour, désireux de prier sur le lieu de la pendaison de leur fils, quelle n'est pas leur surprise de constater que celui-ci vit toujours « les pieds soutenus par saint Jacques » ! . Aussitôt, les parents se rendent chez le juge pour annoncer le miracle... Tout à fait incrédule, le juge qui se trouvait à table leur déclare qu'il ne croira au miracle que « si le coq et la poule qui rôtissent à la broche, se mettent à chanter »... et nos deux volatiles de caqueter en un joyeux tintamarre ! Définitivement convaincu, le juge fait dépendre le jeune homme et condamne la fille de l'aubergiste à être brûlée vive. Ce qui fut fait. Il existe de multiples représentations de ce miracle : dès le XIIIe siècle, peintures murales et vitraux rivalisent de lumière et de beauté pour illustrer ce miracle, qui a marqué l'imaginaire des Jacquets. Mais ce qui est plus surprenant, c'est qu'aujourd'hui encore, un coq et une poule, en cage, accueillent les pèlerins à l'église de Santo Domingo de la Calzada !

plus tard, s'échoue sur les côtes de Galice, près du port d'Iria.

Ce dernier se développa par la suite, puisqu'en 70 après J.-C., il prit le nom de l'empereur Titus Flavius Vespasianus et devint « Iria Flavia ».

LA DÉCOUVERTE DU TOMBEAU DE SAINT JACQUES

Les récits légendaires de la découverte du tombeau de saint Jacques peuvent prêter à sourire, en cette fin de XXe siècle où le « progrès » et la « science » prétendent régenter l'univers. Deux guerres mondiales et des conflits incessants sur les cinq continents de la planète devraient nous conduire à plus d'humilité... vertu première du pèlerin... comme de l'historien !

Les premiers écrits relatant la découverte du tombeau de l'apôtre datent de 1077 : ils sont contenus dans la « Concordia De Antealtares », texte d'un accord signé entre l'évêque de Compostelle, Diego Pelaez et les moines du premier monastère. Ils nous rapportent, en un récit empreint du mer-

Détail de la grande verrière. La légende de saint Jacques. Cathédrale Saint-Gatien de Tours (Indre-et-Loire).
En page de droite : *Peinture murale à Rabastens (Tarn).*

veilleux propre au Moyen Âge, l'aventure extraordinaire de l'ermite Pelagius (ou Pelayo) et de l'évêque Théodomir.

En ce temps-là, à l'aube du IXe siècle, un ermite du nom de Pelagius vivait auprès de l'église de San Felix de Lovio, non loin de la ville d'Iria Flavia, où siégeait l'évêque Théodomir.

Vers 810-813, Pelagius est le témoin de phénomènes surnaturels et reçoit, en songe, la révélation du lieu du tombeau de saint Jacques. Après s'être confié à l'évêque Théodomir, les deux hommes partent à sa recherche guidés par une étoile mystérieuse brillant au-dessus de celui-ci. Le champ où gît le tombeau prend le nom de « campus stellae » (champ de l'étoile), qui deviendra ensuite « Compostelle ».

Pelagius et Théodomir découvrent une tombe où reposent trois sarcophages. Pour Théodomir, pas de doute : il s'agit des sépultures de l'apôtre Jacques et de ses deux compagnons Athenase et Théodore, dont on avait perdu le souvenir depuis plusieurs siècles.

La nouvelle fait grand bruit au royaume des Asturies et de Galice. Le roi Alphonse II (789-842) fait édifier aussitôt une église sur ce « campus stellae ». La dévotion prend très vite de l'ampleur et les foules se déplacent en pèlerinage pour rendre hommage à l'apôtre du Christ.

Localisée dans un premier temps à la Galice, la renommée du sanctuaire de Compostelle gagne peu à peu toute la chrétienté.

En 844, la victoire du roi chrétien Ramiro sur les Maures, à Clavijo, assoit définitivement la réputation de saint Jacques : n'est-il pas apparu soudainement dans le ciel sous les traits d'un fougueux cavalier menant les chrétiens à la victoire ?

Saint Jacques devient le « Matamore » (« tueur de Maures »), le symbole de la lutte contre les infidèles, ces musulmans chassés peu à peu d'Espagne, au cours de la « Reconquista » (reconquête des territoires perdus).

Grande verrière. Collégiale de Roncevaux (Espagne). « Le roi de Navarre, Sanche le Fort, à la reconquête de l'Espagne ».

« Santiago de Compostela » connaît un tel succès dans la seconde moitié du IXe siècle, qu'il faut édifier une nouvelle église, consacrée en l'an 899. Reconnaissance suprême : vers l'an 900, le siège épiscopal est transféré d'Iria Flavia à Compostelle.

Le pèlerinage à travers les siècles

Depuis plus de mille ans, Compostelle est l'ultime étape de millions de pèlerins soucieux de vénérer le tombeau de saint Jacques.

Ces marcheurs de la foi ont si bien marqué l'histoire qu'ils sont passés à la postérité sous le nom de « Jacquets ».

Compostelle et la Reconquista (Xe-XIe siècle)

Tandis que le pèlerinage connaît un succès croissant en Galice, les premiers pèlerins étrangers viennent se recueillir sur la tombe de l'apôtre du Christ. Ainsi, en l'an 950, l'évêque du Puy-en-Velay se rend à cheval à Compostelle.

Dix ans plus tard, vers 960, le comte de Rouergue, Raymond II entreprend également le pèlerinage de Saint-Jacques. Il est tué en chemin par les Sarrasins.

En 997, l'un de leurs chefs, Al Mançour, s'empare de Compostelle et incendie le sanctuaire ; les cloches de l'église sont transportées à Cordoue par des centaines de chrétiens réduits en esclavage.

La revanche ne va pas tarder : à la mort d'Al Mançour (vers 1002), le roi de Navarre, Sanche le Fort, donne le signal de la reconquête. En 1064, Ferdinand le Grand prend Coïmbre et attribue sa victoire, une fois de plus, à l'aide « miraculeuse » de saint Jacques. En témoignage de reconnaissance, il vient en pèlerinage à Compostelle. C'est le début d'une période de croissance extraordinaire qui va durer jusqu'au XIVe siècle.

Le développement du pèlerinage (XIe-XIVe siècle)

Les terreurs de l'an mille ayant vécu, le XIe siècle voit surgir à travers tout l'Occident chrétien un extraordinaire élan d'énergie et de foi dont « l'art roman » est sans conteste la plus belle expression.

Et pourtant, le schisme entre l'Église d'Orient et l'Église d'Occident est définitivement consommé en 1054. L'année suivante, la victoire des Turcs sur le califat des Abbassides interdit le pèlerinage à Jérusalem et les Lieux saints.

Désormais, deux pèlerinages vont se disputer les faveurs des chrétiens d'Occident : les « Romieux » (ou « Roumieux ») se rendront à Rome sur les tombeaux des apôtres Pierre et Paul, les « Jacquets », à Saint-Jacques-de-Compostelle.

De la moitié du XIe au XIVe siècle, le pèlerinage de Compostelle vit son apogée : les chemins de Saint-Jacques se dessinent peu à peu à travers toute l'Europe ; églises et chapelles sortent de terre, des mains des compagnons-bâtisseurs ; monastères et hôpitaux accueillent les pèlerins sur les « routes » du pèlerinage...

Dans le nord de l'Espagne, sur les chemins suivis par les pèlerins, des villes surgissent du néant, à seule fin de répondre aux besoins des Jacquets. Attirés par des promesses de terres gratuites et privilèges de toutes sortes, des maçons, charpentiers, marchands ... de tout l'Occident s'établissent dans les cités traversées ou nouvellement créées. On mesure mal aujourd'hui les bouleversements apportés par le pèlerinage de Compostelle à travers toute l'Europe ! Sous l'impulsion de la puissante abbaye de Cluny, des millions de pèlerins, de toutes classes

Abbaye de Cluny (Bourgogne), mobilier.

L'abbaye de Cluny et le pèlerinage de Compostelle

Fondée en 910, la célèbre abbaye bourguignonne est à l'origine d'un vaste mouvement de réforme qui s'étendit à tout l'Occident chrétien aux XIe et XIIe siècles. On connaît moins son rôle, pourtant considérable, dans la Reconquista (reconquête) des royaumes chrétiens du nord de l'Espagne et le développement du pèlerinage de Compostelle. Cluny s'est fait le champion de la lutte contre les infidèles : vers 1015-1030, Raoul Glaber, chroniqueur célèbre de l'abbaye évoque, le premier, la possibilité de gagner « la palme du martyre » pour ceux qui combattront les musulmans. L'abbaye encourage les chevaliers à partir en guerre contre les Sarrasins. Cet appel sera largement entendu par la noblesse qui s'en ira guerroyer en Espagne. Certains y firent souche, à l'image d'Henri et Raymond de Bourgogne, épousant des filles des rois de Castille et d'Aragon. L'abbaye de Cluny va jouer un rôle déterminant dans l'organisation du pèlerinage de Compostelle : sur les chemins de France et d'Espagne, elle crée un vaste réseau d'abbayes filiales de la maison mère (Moissac en est un bel exemple), pour assurer l'accueil tant physique que spirituel des pèlerins.

Village de Cluny.

sociales, quittent leur logis en direction de la Galice et de son sanctuaire sacré, Santiago de Compostela.

Heurts et malheurs du pèlerinage (XVe-XXe siècle)

Après avoir connu son heure de gloire au XIIe siècle, le pèlerinage à Compostelle subit un sérieux « coup de frein » aux XIVe et XVe siècles : les batailles incessantes entre Français et Anglais durant la guerre de Cent Ans (1337-1453) rendaient les chemins particulièrement dangereux.

Sculpture provenant de l'abbaye (Musée de Cluny).

La Réforme lui porta un coup presque fatal. Initiée par Luther (1483-1548), celle-ci remporta un vif succès à travers toute l'Europe. Or ses partisans s'opposaient à la vénération des reliques des saints et donc des pèlerinages qui les accompagnaient.

Les guerres de Religion, qui couvrirent de sang la France au cours de la seconde moitié du XVIe siècle, ralentirent sérieusement le pèlerinage à Compostelle... d'autant que les « coquillards », véritables bandes armées de truands, y sévissaient de plus en plus, détroussant les pèlerins quand ils ne les trucidaient pas purement et simplement.

Après avoir connu un regain de popularité en France, durant le règne de Louis XIII (1610 à 1643), le pèlerinage de Compostelle subit ensuite les vicissitudes des guerres entre la France et l'Espagne. Dénonçant les désordres qui se produisent dans le royaume sous le prétexte de dévotion et de pèlerinage, Louis XIV promulgue un édit, en août 1671, les réglementant.

Son successeur, Louis XV, va encore plus loin, interdisant les pèlerinages en pays « estrangers ».

La Révolution française et l'Empire ne feront rien pour lui redonner vie. On pourrait penser que la reconnaissance officielle des reliques de saint Jacques (à l'occasion de fouilles dans la cathédrale), en 1884, par la papauté allait donner le signal d'un renouveau. En fait, il faudra attendre la seconde moitié du XXe siècle, pour voir les Jacquets reprendre les chemins de leurs glorieux aînés.

Le pèlerin de Compostelle

Les hommes du XIIe siècle ont aimé passionnément ces grands voyages. Il leur semblait que la vie du pèlerin était la vie même du chrétien. Car qu'est-ce le chrétien ? sinon un éternel voyageur, un passant en marche vers une Jérusalem éternelle.

Il faut toujours avoir à l'esprit ces propos de l'historien médiéviste Émile Mâle, si l'on veut comprendre les raisons qui poussaient ces hommes et ces femmes à quitter leur demeure pour prendre le chemin, ô combien périlleux, de Saint-Jacques-de-Compostelle.

Des pèlerins remettant l'aumône. Musée de Condé, Chantilly.

Les motivations des Jacquets

Elles apparaissent fort diverses : il s'agit parfois d'un pèlerinage-pénitence imposé par l'Église pour le rachat de péchés graves. Un bon exemple est fourni par le ou les pèlerinages prescrits, au cours du XIIIe siècle, aux personnes suspectes d'adhésion à l'hérésie cathare. Ainsi, en 1258, un habitant de Najac fut-il condamné à effectuer cinq pèlerinages sous ce motif : Compostelle, Rocamadour, Conques, Notre-Dame du Puy-en-Velay et Notre-Dame de Montpellier.

Le pèlerinage à Compostelle s'effectuait parfois à la suite de l'accomplissement d'un vœu : une guérison obtenue, par exemple.

Le goût de l'aventure guidait également certains pèlerins : l'espoir d'une vie plus facile sur ces terres du nord de l'Espagne, la possibilité d'exprimer ses talents d'artisan (maçon, tailleur de pierres, charpentier...) ou de commerçant, dans les villes de passage, ne sont pas non plus à négliger, dans les diverses sources de motivation.

Mais l'état d'esprit qui animait la majorité des pèlerins s'explique avant tout par l'immense ferveur dont jouissait Compostelle ; toucher le tombeau d'un apôtre du Christ rapproche de Dieu. C'est la foi, une foi ardente et profonde qui guidait les Jacquets sur les chemins. De retour au pays, c'est un « homme nouveau » qui imposait le respect et faisait l'admiration de tous.

Sur son chemin, le Pèlerin rencontre Dame oisiveté. ***G. de Digulleville :*** **Le Pèlerinage de la vie humaine.** ***(XIVe), coll. Bibliothèque Sainte-Geneviève, Paris.***

Le bourdon, bâton de pèlerin appartenant au peintre-graveur Carmelo de la Pinta ayant effectué le pèlerinage en 1991.

L'équipement du pèlerin

Il nous est parfaitement connu par l'une de ces nombreuses chansons entonnées le long des chemins (rien de tel pour se donner du courage !).

Des choses nécessaires
Il faut être garni ;
À l'exemple des Pères
N'être pas défourni
De bourdon, de mallette
Aussi d'un grand chapeau
Et contre la tempête
Avoir un bon manteau.
Ma calebasse est ma compagne
Mon bourdon, mon compagnon,
La taverne m'y gouverne
L'hôpital, c'est ma maison.

Au Moyen Âge, seuls les membres de la noblesse et du haut clergé pérégrinaient à cheval. L'immense cohorte des Jacquets s'en allait à pied sur les mauvais chemins de France... et de Navarre (sans oublier la lointaine Galice) !

L'équipement du pèlerin s'est précisé au fil des siècles : de simples sandales habillaient, le plus souvent, les pieds de ces humbles marcheurs de la foi. Les vêtements variaient selon les époques et les traditions propres à chaque pays. Le « mantelet », grande cape parfois renforcée de cuir, recouvrant les vêtements, fit son apparition au cours du XVe siècle et se généralisa par la suite ; de même que le chapeau de feutre à larges bords.

Outre les vêtements, le Jacquet se munissait de quelques attributs indispensables :

Le « bourdon »

Le bâton qui servait d'appui pour la marche... et d'arme contre les brigands, « coquillards » (faux pèlerins) et autres bêtes féroces : chiens et loups.

La « besace »

Un petit sac en peau de bête où le pèlerin rangeait sa réserve de pain.

La « gourde » ou « calebasse »

Pour garder quelque boisson.

Il convient de souligner ici le caractère sacré de deux des attributs du Jacquet : le bourdon et la besace.

Quand un pèlerin se décidait à partir à Compostelle, il commençait d'abord par mettre en ordre ses affaires... et rédiger son testament !

Il devait suivre ensuite une cérémonie religieuse spéciale, dans l'église paroissiale : pourvu de la besace et du bourdon, le futur Jacquet s'agenouillait devant l'autel où un prêtre bénissait ces insignes en récitant une prière particulière, dont il nous reste de nombreux témoignages. Ainsi, celle à l'honneur à Lyon, au XIIe siècle, telle qu'elle apparaît dans le *Pontifical* :

Au nom de Notre-Seigneur Jésus-Christ, reçois cette besace, insigne de ta pérégrination, afin que bien mortifié et purifié, tu mérites de parvenir à l'église de saint Jacques où tu veux te rendre et, qu'ayant achevé ton voyage, tu reviennes vers nous en bonne santé et joyeux, par la grâce de Dieu qui vit et règne dans les siècles des siècles.

Reçois ce bâton, réconfort contre la fatigue de la marche dans la voie de ton pèlerinage, afin que tu puisses vaincre toutes les embûches de l'ennemi et parvenir en toute tranquillité au sanctuaire de saint Jacques et que, ton but atteint, tu nous reviennes avec joie par la grâce de Dieu.

Représentations de saint Jacques extraites de deux livres imprimés :* La Légende Dorée de Jacques de Voragine. *1512 (en haut) et 1507 (en bas). Bibliothèque municipale de Rennes.

Les confréries de Saint-Jacques

Réservées aux seuls pèlerins ayant fait le pèlerinage de Compostelle, les confréries de Saint-Jacques se sont multipliées aux XIVe et XVe siècles. Celles-ci disposaient de statuts particuliers et leurs membres arboraient fièrement leur uniforme le jour de la fête de « Monsieur saint Jacques », le 25 juillet. Après la messe et la solennelle procession, venait l'heure de joyeuses agapes... et autres ripailles. Entretenant le culte de leur saint patron, exerçant des œuvres de piété et charité, les confréries de Saint-Jacques se voyaient attribuer fréquemment des chapelles particulières dans les églises. Leur souvenir nous a été transmis par des registres spéciaux, tel le « livre du bienheureux Jacques » rédigé par la confrérie Saint-Jacques de Villefranche-de-Rouergue. Fondée en 1493 par vingt et un anciens Jacquets, celle-ci fut active jusqu'à la Révolution.

La « coquille »

L'emblème spécifique du pèlerin.

Le Jacquet ne pouvait acquérir la fameuse coquille qu'au terme de son pèlerinage à Compostelle. Cousue ensuite sur le chapeau, la besace ou la pèlerine, la coquille symbolisait l'accomplissement du pèlerinage, la récompense suprême.

Elle perdit, hélas, son caractère sacré au fil des siècles : la charité étant la règle absolue envers le pèlerin de Compostelle (soins, hébergement, nourriture), la tentation était grande pour les faux pèlerins, les « coquillards », d'en arborer également. De nombreux mendiants se faisaient ainsi nourrir et héberger gratuitement : comment les distin-

par moiet chapellier a

Guillaume Girard Senlis 1646

Guide qu'il faut Tenir pour aller au Voyage de S. Jacques En gallice, S.t Salvateur en asturie, Et mont Sarrat En Cathalogne, et aussy pour revenir a pdre le Chemin de la Ville de Senlis

Senlis Ville, Chasteau et Evesché pays boccageux qui a donné le nom latin a la Ville, Silvanectum, par ce qu'elle est entourée de la forest de Rez,

Pontarmé une bonne Lieue.

La Chappelle ... 2 ... Lieue.

guespelle ... 1 Lieue.

Louvre En parisis une ... Lieue.

Livre de confrérie des pèlerins de Saint-Jacques (Senlis). (1690) musée d'Art et d'Archéologie de Senlis.

guer des vrais pèlerins dont l'allure et les vêtements en faisaient souvent des « frères de misère » ?

LES CHEMINS DE SAINT-JACQUES

Les quatre routes de Compostelle

Quatuor viae sunt que ad sanctum Jacobum tendentes...

Il y a quatre routes qui, menant à Saint-Jacques, se réunissent en une seule à Puente la Reina, en territoire espagnol ; l'une passe par Saint-Gilles (du Gard), Montpellier, Toulouse et le Somport ; une autre par Notre-Dame du Puy, Sainte-Foy de Conques et Saint-Pierre de Moissac ; une autre traverse Sainte-Marie-Madeleine de Vézelay, Saint-Léonard en Limousin et la ville de Périgueux ; une autre encore passe par Saint-Martin de Tours, Saint-Hilaire de Poitiers, Saint-Jean d'Angély, Saint-Eutrope de Saintes et la ville de Bordeaux.

La route qui passe par Sainte-Foy, celle qui traverse Saint-Léonard et celle qui passe par Saint-Martin se réunissent à Ostabat et après avoir franchi le col de Cize, elles rejoignent à Puente la Reina celle qui traverse le Somport ; de là un seul chemin conduit à Saint-Jacques.

Ces quelques lignes sont extraites du plus ancien « guide touristique » connu : le « Guide du pèlerin de Saint-Jacques-de-Compostelle », dont l'auteur serait un moine poitevin : Aimery Picaud.

Rédigé en latin, entre les années 1130-1140, ce « guide » est un document historique exceptionnel car il nous détaille les itinéraires principaux suivis par les Jacquets.

Autre intérêt majeur, la description des églises et sanctuaires à vénérer par les pèlerins : le tombeau de saint Gilles à Saint-Gilles-du-Gard ou celui de saint Eutrope à Saintes, par exemple.

Cet ouvrage nous fournit également de précieuses informations sur la réputation dont jouissaient ces lieux de pèlerinage abritant des reliques ou « corps saints », sur les quatre routes principales :

La Via Turonensis ou voie de Tours ;

La Via Lemovicensis ou voie Limousine ;

La Via Podiensis ou voie du Puy-en-Velay ;

La Via Tolosana ou voie Tolosane.

Les voies secondaires

À côté de ces quatre grandes routes du pèlerinage, il existait de nombreux chemins « secondaires ». Il ne faut surtout pas croire que les pèlerins suivaient aveuglément ces quatre routes principales.

Les chemins de Compostelle ont évolué au cours des siècles pour de multiples raisons : la création de nouveaux ponts ou chemins, les guerres interdisant le passage de telle ou telle région, les conditions climatiques (imaginez la traversée de l'Aubrac, en plein hiver !), etc.

Ainsi, après avoir vénéré le tombeau de saint Léonard à Noblat, à côté de Limoges, de nombreux pèlerins quittaient la « Via Lemovicensis » pour cheminer vers Rocamadour et sa célèbre Vierge noire. C'est que Rocamadour fut, du XIIe au XVIe siècle, l'un des pèlerinages les plus célèbres de la chrétienté.

Mais qu'ils fussent ceux des quatre routes principales ou ceux des voies secondaires, tous les chemins menaient... à Compostelle !

À la suite du « Guide du pèlerin » du XIIe siècle, d'autres « itinéraires » parurent au cours des siècles suivants.

Le plus célèbre est le manuscrit connu sous le nom d'« Itinéraires de Bruges ». Puis avec l'invention de l'imprimerie par Gutenberg (la Bible est imprimée en 1448), des guides et autres ouvrages utiles aux Jacquets se multiplièrent, agrémentés de chants, poèmes, gravures, cantiques... outre les commentaires sur les auberges et « hostels ».

LA VIE DES PÈLERINS SUR LES CHEMINS

Ils peuplent le paysage du Moyen Âge. On les voit se grouper au prin-

Bourdon représentant sainte Foy, appartenant à Gisèle qui a accompli à plusieurs reprises le pèlerinage.

Le « Liber sancti Jacobi » ou livre de Saint-Jacques

Le « Guide du pèlerin de Saint-Jacques » ne constitue en fait que la cinquième partie du « Liber sancti Jacobi », ouvrage consacré à la vie de saint Jacques le Majeur, dont un exemplaire est conservé précieusement aux archives de la cathédrale de Saint-Jacques-de-Compostelle.

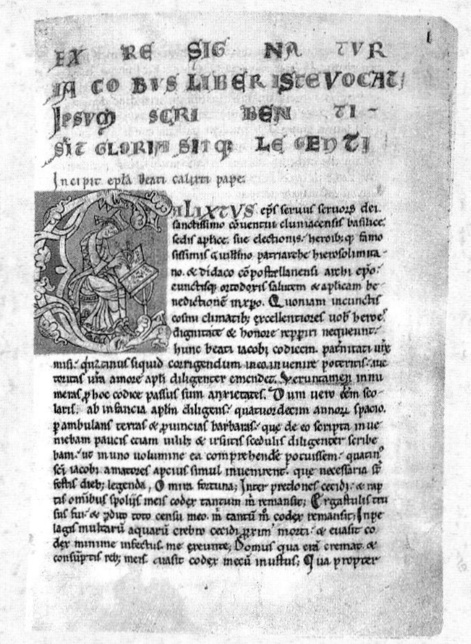

Le pape Calixte écrivant.

Livre d'heures de la duchesse de Bourgogne représentant les pèlerins en marche.

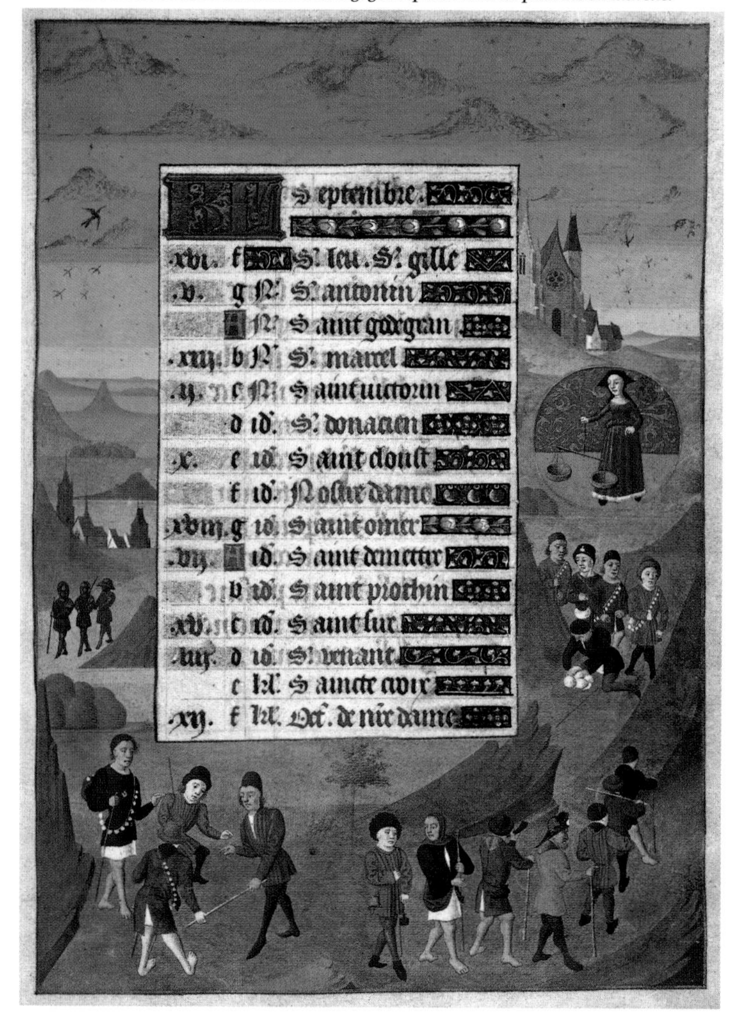

temps, comme des migrateurs à la saison de l'envol. Dans le livre d'heures de la duchesse de Bourgogne, avril et septembre sont les mois du pèlerin : le départ aux beaux jours, le retour, si Dieu veut, avant les vendanges et l'hiver.

Il en part de tous les coins de l'Occident. Ceux des villages gagnent les bourgs, ceux des bourgs se retrouvent au plus proche sanctuaire ou mieux, si possible, à l'un des quatre grands rassemblements du chemin de Compostelle : Saint-Martin de Tours, la Madeleine de Vézelay, Notre-Dame du Puy et Saint-Trophime d'Arles.

On reste bien souvent entre pays, pour se soutenir, se défendre, se comprendre.

Sem pelgrin de vila aycela
Que Orlbac proch Jordan s'apela.
(Nous sommes pèlerins d'Aurillac
La ville proche de la Jordanne.)

Ces lignes sont extraites du remarquable ouvrage de Barret et Gurgand : « Priez pour nous à Compostelle » (Hachette littérature).

Il faut le lire pour comprendre toutes les difficultés que devaient affronter les pèlerins sur les chemins, avant d'atteindre Santiago de Compostela. Entre mille dangers, citons tout particulièrement :

Le franchissement des fleuves

Le chemin de Saint-Jacques croise deux fleuves qui coulent près du village de Saint-Jean-de-Sorde, l'un à droite, l'autre à gauche ; l'un s'appelle gave, l'autre, fleuve ; il est impossible de les traverser autrement qu'en barque. Maudits soient leurs bateliers ! En effet, quoique ces fleuves soient tout à fait étroits, ces gens ont cependant coutume d'exiger de chaque homme qu'ils font passer de l'autre côté, aussi bien du pauvre que du riche, une pièce de monnaie et pour un cheval, ils en extorquent indignement par la force, quatre. Or leur bateau est petit, fait d'un seul tronc d'arbre, pouvant à peine porter les chevaux ; aussi quand on y monte, faut-il prendre bien garde de ne pas tomber à l'eau. Tu feras bien de tenir ton cheval par la bride, derrière toi, dans l'eau, hors du bateau, et de ne t'embarquer qu'avec peu de passagers, car si le bateau est trop chargé, il chavire aussitôt.

Bien des fois aussi, après avoir reçu l'argent, les passeurs font monter une si grande troupe de pèlerins, que le bateau se retourne et que les pèlerins sont noyés ; et alors les bateliers se réjouissent méchamment après s'être emparés des dépouilles des morts.
(« Guide du pèlerin », page 21).

Fichtre ! le passage du gave d'Oloron n'était vraiment pas de tout repos.

Ce qui est plus grave, c'est qu'il existe de multiples exemples de ce genre à propos des périls engendrés par le passage des rivières et des fleuves.

Les coquillards et autres « escrocs »

Ayant déjà décrit ces faux pèlerins qu'étaient les « coquillards », je me contenterai de rappeler ici les nombreux escrocs et faux péagers guettant les crédules pèlerins. Le « Guide du pèlerin » dresse un portrait saisissant de ces faux péagers sévissant en Pays basque (quel contraste avec le chaleureux accueil rencontré aujourd'hui par les pèlerins-randonneurs en cette superbe région !).

Dans ce pays, il y a de mauvais péagers, à savoir auprès des ports de Cize, dans le bourg appelé Ostabat, à Saint-Jean et Saint-Michel-Pied-de-Port ; ils sont franchement à envoyer au diable. En extorquer par la force un injuste tribut, et si quelque voyageur refuse de céder à leur demande et de donner de l'argent, ils le frappent à coups de bâton et lui arrachent la taxe en l'injuriant et le fouillant jusque dans ses culottes.
(« Guide du pèlerin », page 23).

Miniature extraite d'un manuscrit : La Légende Dorée de Jacques de Voragine. Bibliothèque municipale de Rennes, ms 266.

L'auteur, Patrick Huchet, sur le chemin.

Paysage du Pays basque.

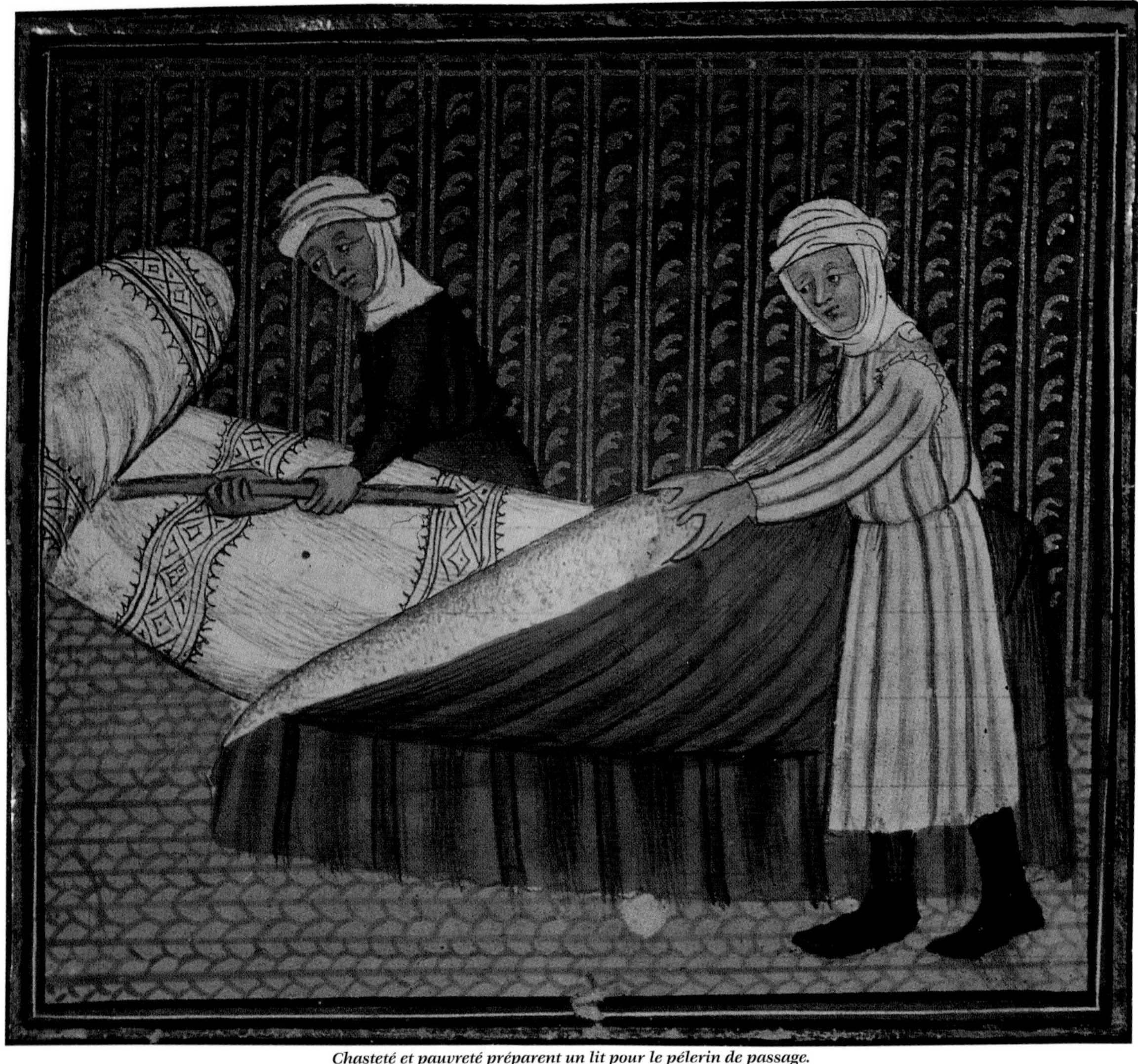

Chasteté et pauvreté préparent un lit pour le pèlerin de passage.
Le Roman des trois pèlerinages *de Guillaume de Digulleville. (XIVe), collection Bibliothèque Sainte-Geneviève, Paris.*

Pèlerin dans un gîte à Saint-Jean-Pied-de-Port. La dernière lettre à la famille avant le grand départ vers Santiago.

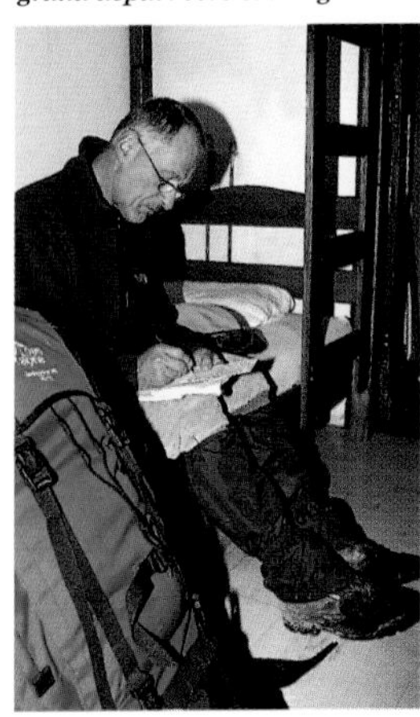

L'hébergement

Aujourd'hui, quand vous suivez le « chemin de Saint-Jacques », vers Compostelle, vous avez le choix entre de nombreux gîtes d'étapes ou hôtels confortables, tout au long de votre pérégrination. Mais quelle était la situation au Moyen Âge ? C'est encore le fameux « Guide du pèlerin » qui nous donne la réponse :

Les pèlerins pauvres ou riches qui reviennent de Saint-Jacques ou qui y vont doivent être reçus avec charité et égards pour tous ; car quiconque les aura reçus et hébergés avec empressement aura pour hôte non seulement Saint Jacques mais Notre Seigneur lui-même, ainsi qu'il l'a dit dans son évangile « qui vous reçoit, me reçoit ».

Nombreux sont ceux qui jadis encoururent la colère de Dieu parce qu'ils n'avaient pas voulu recevoir les pèlerins de Saint-Jacques et les indigents...

Les hospices ont été installés à des emplacements où ils étaient nécessaires, ce sont des lieux sacrés, des maisons de Dieu pour le réconfort des saints pèlerins, le repas des indigents, la consolation des malades, le salut des morts, l'aide aux vivants.
(« Guide du pèlerin », pages 11 et 123).

Du XIIe au XIVe siècle, les chemins de Saint-Jacques voyaient pérégri-

Fresque murale à l'entrée de Parthenay (Deux-Sèvres).

ner, chaque année, deux cent mille à cinq cent mille Jacquets !

Pour nourrir, héberger et soigner une telle multitude, un véritable réseau d'accueil charitable se mit en place dès la seconde moitié du XIe siècle. Des maladreries, maisons-Dieu, hospices et hôpitaux s'édifièrent dans les campagnes les plus reculées, comme en certains sites privilégiés.

L'entrée des villes

Aux portes des villes closes, audelà des remparts, on vit se créer de véritables « faubourgs Saint-Jacques », rassemblant les édifices civils et religieux, assurant la nourriture terrestre et spirituelle des Jacquets.

Celui de Parthenay, capitale de l'ancienne Gâtine, très fréquenté par les pèlerins au Moyen Âge,

Attaque de pèlerins par des loups. Musée de Roncevaux.

Les ordres hospitaliers

Il faut souligner une fois encore le rôle capital joué par l'abbaye de Cluny, organisatrice d'un réseau très complet d'hospices, sur les chemins de France et d'Espagne.
Saint Hugues, abbé de Cluny de 1049 à 1109, favorise la création de nombreux prieurés et abbayes : le couvent de Sahagùn ou l'hôpital de Burgos ne sont que deux exemples entre cent des réalisations de Cluny, sur les chemins de Compostelle.
Les Bénédictins vont être épaulés ensuite par d'autres ordres religieux : les Cisterciens de Cîteaux, les Prémontrés, les Chevaliers du Saint-Esprit...
Deux ordres militaires... et hospitaliers ont particulièrement marqué les mémoires :

- *L'ordre des hospitaliers de Saint-Jean-de-Jérusalem, fondé en 1099,*
- *L'ordre de la Milice du Temple (les fameux Templiers !), fondé en 1118.*

Leur vocation première fut d'abord d'assurer la protection des pèlerins se rendant en Orient, sur les Lieux saints.
Mais ces deux ordres religieux connurent également un rapide développement en France au XIIe siècle : commanderies et préceptoreries se multiplièrent en toutes régions, accueillant les pèlerins de passage.
En 1312, à la suite de la dissolution de l'ordre de la Milice du Temple, les hospitaliers de Saint-Jean-de-Jérusalem recueillirent leurs biens et poursuivirent leur mission de protection et d'hébergement des Jacquets.

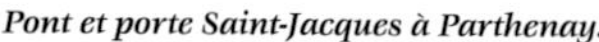

Pont et porte Saint-Jacques à Parthenay.

nous offre encore aujourd'hui un exemple vivant :

À la suite de son pèlerinage à Compostelle en 1169, Guillaume IV l'archevêque, seigneur de Parthenay, fit construire le prieuré de la Madeleine et l'église Saint-Jacques. Les pèlerins pouvaient s'y reposer et prier avant de franchir le pont sur le Thouet, passer la porte Saint-Jacques pour entrer dans la ville close. Sitôt passée cette porte, la rue de la Vault-Saint-Jacques leur offrait mille tentations avec ses boutiques et auberges.

Le chant des cloches accueillait les groupes de pèlerins. Derrière les riches, à cheval et les bannières déployées, venait, marchant au chant des cantiques, la piétaille fourbue.

Robe de bure et grand collet, fanés, troués par les intempéries... chapeau de feutre relevé sur le front... le bourdon coiffé d'un pommeau sculpté ; la gourde où tiédit l'eau si rare ; au flanc, la panetière légère hélas, et dans la poche, bien plus légère encore, la bourse de celui qui a fait vœu de rester pauvre...
(« Vers Saint-Jacques-de-Compostelle », par Marie Mauron.)

Cathédrale d'Exeter (Grande-Bretagne).

Berlin. Église du Souvenir.

Compostelle : un pèlerinage européen

En 1987, le Conseil de l'Europe déclare officiellement les chemins de Saint-Jacques-de-Compostelle « Premier itinéraire culturel européen ». Juste reconnaissance pour l'apport du pèlerinage à la construction de l'Europe : le réseau européen des chemins de Compostelle n'est-il pas entièrement tracé dès le XIIe siècle ? Du royaume de Sicile au royaume d'Angleterre, des lointaines principautés russes à la très chrétienne Lusitanie (Portugal), les pèlerins n'ont cessé d'affluer jusqu'à « l'inaccessible étoile » : Compostelle. Sur les anciennes voies romaines ou les nouveaux chemins reliant les villes au Moyen Âge, les Jacquets, de tous pays et de toutes conditions sociales, poursuivaient en commun cet ultime dessein : se recueillir sur le tombeau de l'apôtre Jacques.

Cathédrale Saint-Pierre, Genève.

Les points de passage difficiles ou dangereux

Le franchissement des cols de montagne, des rivières et des fleuves s'avérait une épreuve redoutable pour nos vaillants Jacquets.

Du moins y trouvaient-ils l'assistance d'hospices et d'hôpitaux édifiés à l'initiative de puissants seigneurs ou d'ordres religieux.

« Ultreïa ! » (« Toujours plus loin » !)

Comme nos glorieux ancêtres Jacquets poussant ce cri de joie et d'encouragement, « partons sur les chemins de l'étoile ».

La Via

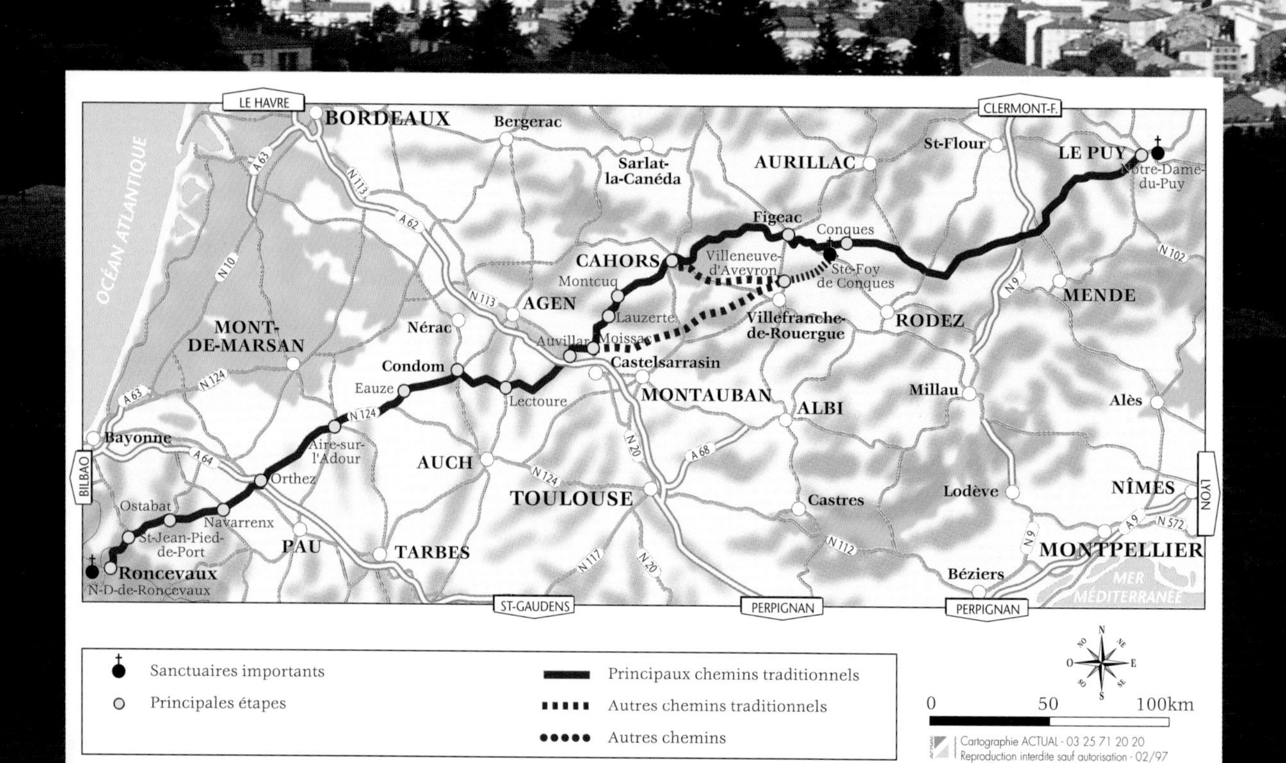

La ville du Puy-en-Velay (Haute-Loire).

Podiensis

du Puy-en-Velay à Roncevaux

Pourquoi ce signe, cette bénédiction qui m'adoubait pèlerin à mon corps défendant, moi dont la présence sur ce chemin tenait plus d'un choix culturel que de l'accomplissement métaphysique ? Moi qui ne croyais pas en Dieu ?...

Et pourquoi ce trouble indéfinissable pour quelques mots, un geste, une croix dans un mur et, dans le fossé, le bruit de l'eau qui court ?

Voyager, c'est accepter de se rendre vulnérable. Se mettre à la merci d'une rencontre, d'une émotion, d'un signe... (« Retour à Conques », Éditions Payot.)

Nul, mieux que Jean-Claude Bourlès, l'auteur de ces lignes, n'a traduit les pensées qui agitent les esprits des pèlerins-randonneurs des « temps modernes », sur les chemins de Compostelle. Je les ai vécues moi-même sur le GR 65, le chemin de Saint-Jacques qui part du Puy-en-Velay et atteint Santiago de Compostela... mille six cents kilomètres plus loin ! Chrétiens fervents ou simples randonneurs, ce chemin ne laisse personne indifférent.

En ce mois de juillet 1996, ne disposant que de trois semaines de congés, nous décidâmes, mon épouse et moi-même, de suivre le GR 65, du Puy à Conques. La suite nous prouvera que tel est également le choix de nombreux pèlerins-randonneurs rencontrés sur le chemin.

Vues de la porte de la cathédrale Saint-Julien de Brioude (Auvergne).

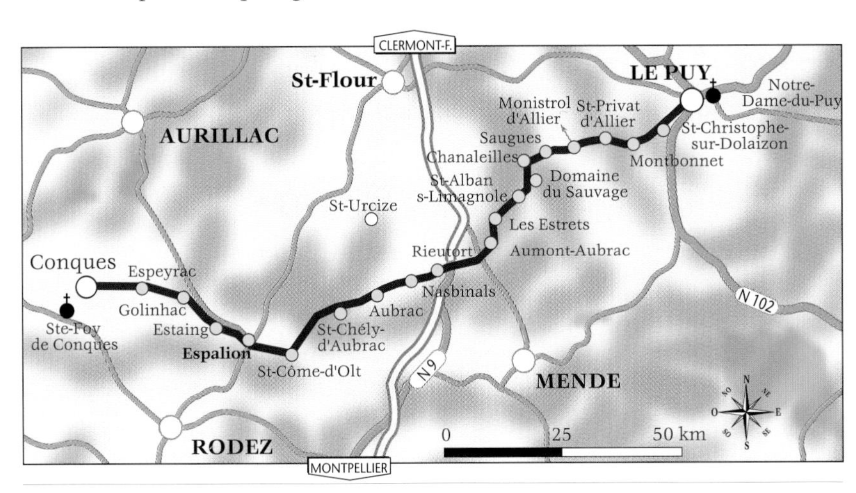

Christ en majesté. Cathédrale Saint-Julien de Brioude.

Le Puy-en-Velay.
De gauche à droite : chapelle Saint-Michel, statue Notre-Dame de France et la cathédrale.

Brioude. Saint-Julien : femmes-sirènes. Figure mythique de l'époque médiévale. Voir aussi Espalion p. 56 et Saintes p. 80.

Le Puy-en-Velay

J'aime la beauté rude de l'Auvergne. Le souvenir des myrtilles de Picherande, sur la chaîne des Puys, me titille encore les papilles !

En ce chaud lundi de juillet où nous descendons vers les monts du Velay, je retrouve la même émotion, passé Clermont-Ferrand, face à ces vertes montagnes aux sommets arrondis. Et déjà, nous atteignons Brioude et son admirable basilique Saint-Julien. Ville-étape sur les chemins de Compostelle, Brioude en a gardé de précieux témoignages, dont la superbe statue en marbre de saint Jacques le Majeur, trônant au portail nord de la basilique. Et que dire de la splendeur des peintures murales du XIIe siècle et des chapiteaux historiés ! Sur la route du Puy-en-Velay, il faut absolument visiter Saint-Julien, l'une des plus belles églises romanes d'Auvergne.

La joie intense qui nous habitait, à la suite de cette visite, allait encore grandir dans les derniers lacets menant au Puy. Il était tard, le soir tombait, nous eûmes la chance d'atteindre la capitale du Velay tandis que le soleil jetait ses derniers feux sur la cité mariale : la cathédrale, la statue Notre-Dame de France et la chapelle Saint-Michel nous apparurent dans un halo de lumière. Vision saisissante que ces symboles religieux sur les hauteurs du Puy. La découverte de la ville allait nous fournir bien d'autres sujets d'admiration.

La haute ville du Puy

Avant de partir sur le chemin de Saint-Jacques, réservez absolument une journée aux trésors du Puy-en-Velay… et suivez le guide !

La place du Plot

C'est le lieu de départ idéal pour partir à l'assaut des rues tortueuses de la vieille ville. Au Moyen Âge, les pèlerins s'y rassemblaient avant de s'élancer vers Compostelle ou Saint-Gilles-du-Gard. Les rues Saint-Jacques et Saint-Gilles, attenant à la place du Plot, en perpétuent aujourd'hui le souvenir.

Comme dans toutes les villes du Midi, des conversations animées fleurissent toute la journée autour de la fontaine, dite de la « Bidoire », la plus ancienne de la cité. Les dauphins et les aigles qui la décorent sont datés du XVe siècle. Sachez également qu'en 1548, les consuls du Puy firent dresser sur cette place un pilori, où les ivrognes étaient exposés aux moqueries des passants !

Le cloître

Édifié à la même époque que la cathédrale (XIe-XIIe siècle), il fit l'admiration d'Émile Mâle, qui comparait ses arcades à celles de la mosquée de Cordoue.

Il faut suivre attentivement les guides du cloître pour en découvrir toutes ses richesses, tels les chapiteaux historiés et sa subtile symbolique romane ou l'émouvante fresque de la crucifixion (du XIIIe), située dans la salle capitulaire.

La cathédrale

Du cloître, des rues aux noms et monuments évocateurs, la rue « Grasmanent », la rue « Becdelièvre », l'hôtellerie « À la tête de bœuf » (du XIIe), « l'hôpital général », nous mènent à la rue des Tables. Du bas de celle-ci, levez les yeux : impression prodigieuse que cette cathédrale dominant l'immense escalier de cent deux marches y conduisant.

Plaque fixée sur une maison de la place du Plot, Le Puy-en-Velay.

Chapiteau historié. Cloître de la cathédrale Notre-Dame.

La Vierge noire de la cathédrale.

Gotescalc, évêque du Puy, premier pèlerin « officiel » de Compostelle

En l'an 950 ou 951 (chaque année a ses fervents partisans), Gotescalc, évêque du Puy-en-Velay, se rend en pèlerinage à Santiago de Compostela.
C'est une véritable troupe qui se déplace ! Outre l'évêque et les membres du clergé l'accompagnant, on y compte des troubadours, jongleurs, pages au service des ecclésiastiques, des barons et sénéchaux... tous ces beaux messieurs étant protégés par de nombreux gens d'armes : archers et lanciers.
Le parcours suivi est bien mal connu (et pourtant quelques cités n'hésitent pas à revendiquer leur passage). Par contre, ce pèlerinage est authentifié par les écrits de Gomesano, moine du couvent espagnol de Saint-Martin-d'Albeda (proche de Logroño) :
« L'évêque Gotescalc, animé d'une manifeste dévotion, a quitté son pays d'Aquitaine, accompagné d'un grand cortège, se dirigeant vers l'extrémité de la Galice pour toucher la miséricorde divine en implorant humblement la protection de l'apôtre saint Jacques. »

Chapelle Saint-Michel-d'Aiguilhe.

À l'intérieur, la mystérieuse Vierge noire près du maître-autel est fort bien mise en lumière par un éclairage subtil. Cette statue, datée du XVIIe siècle, revêtue d'une merveille de broderie, ne cesse de porter au trouble : je ressentirai ce même sentiment face à la statue Sainte-Foy de Conques.

La chapelle Saint-Michel-d'Aiguilhe

C'est la carte postale la plus connue du Puy-en-Velay : une chapelle perchée sur une colline escarpée. Mais quand vous êtes vous-même au pied de ce « doigt géant » pointé vers le ciel, un sentiment d'admiration vous envahit. Au-delà de la simple prouesse technique, quelle foi intense devait animer les bâtisseurs d'un tel édifice !

Par ailleurs, l'origine de cette chapelle est en relation directe avec le pèlerinage de Compostelle puisque c'est au retour de sa pérégrination en Galice, que l'évêque du Puy, Gotescalc, la fit édifier. Consacrée le 18 juillet 962, Saint-Michel-d'Aiguilhe, pure merveille du premier art roman, ne cesse de hanter l'imagination des générations de pèlerins se rassemblant au Puy-en-Velay.

Taillé dans la roche volcanique, un escalier de deux cents marches, sur une pente périlleuse (attention au vertige !) vous mène à la chapelle. La récompense, au sommet, est à la mesure de l'effort physique produit : le panorama sur la ville et les monts du Velay, les trésors d'architecture, de sculpture, de peinture de la chapelle... le magnifique christ-reliquaire (œuvre d'une école espagnole du Xe siècle) exposé à l'intérieur... ici, chaque élément participe à l'exaltation de la gloire divine !

Recueillement de Colette avant le grand départ vers Santiago.

Première étape Le Puy-en-Velay Saint-Privat-d'Allier (22 kilomètres)

Aujourd'hui, 3 juillet 1996, est le jour du grand départ. Reprenant à la lettre le cheminement séculaire des Jacquets, c'est de la cathédrale que part le GR 65.

Alors que je contemple une dernière fois les fresques du porche, un couple de pèlerins sort de la cathédrale. L'échange se fait tout naturellement : jusqu'où allez-vous ? pourquoi êtes-vous si lourdement chargés ? quelles motivations vous poussent sur le chemin ?

Gilbert et sa compagne Claude vivent à Reims et ont décidé de parcourir cette année le GR 65, du Puy-en-Velay à Conques, pour éprouver la solidité de leur couple. À voir la tendresse et la complicité qui les habitent, nul doute que le chemin de Saint-Jacques ne fera que renforcer les liens qui les unissent. Une seule inquiétude : le poids de leurs sacs à dos (plus de 12 kilos chacun). Randonneurs confirmés, Claude et Gilbert pérégrinent en autonomie complète, avec tentes et matériels appropriés. Respectons leur choix, mais qu'il soit clair que le poids est « l'ennemi mortel » du pèlerin. (Un

Gilbert et Claude au portail de la cathédrale.

Statue de saint Jacques. Cathédrale Notre-Dame.

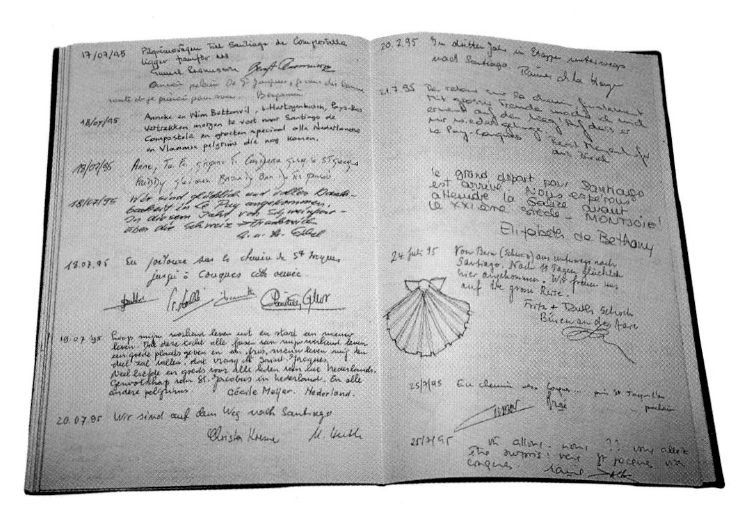

Livre d'or de la sacristie : témoin émouvant de la motivation des pèlerins venus de toute l'Europe.

conseil : le poids de votre sac à dos ne doit pas dépasser 10 % de votre propre poids.)

Le livre d'or à la sacristie

C'est une tradition bien établie de confier ses sentiments par écrit sur le livre d'or de la cathédrale du Puy, avant de s'élancer sur le chemin. La sacristie bruit d'une intense activité tandis que je me penche sur ce fameux recueil. Comment traduire en quelques mots toutes les pensées qui m'agitent l'esprit à ce moment ? Face à la ferveur et la foi exprimées tout au long de ces pages, me viennent péniblement ces quelques mots : *Une longue, longue quête, sur le chemin de l'étoile.*

Un dernier regard pour la mystérieuse Vierge noire et c'est bien vite la sortie. Du haut de l'escalier, les monts du Velay se profilent à l'horizon. Comment ne pas penser à ces milliers de pèlerins contemplant la même vue depuis près de mille ans. Allons, marchons, « Ultreïa ».

La descente des escaliers se fait dans la joie et la bonne humeur ! Le temps est idéal : ni chaud ni froid (une chance, au mois de juillet d'ordinaire plus proche de la canicule).

Premier arrêt : la fontaine dite du « Choriste ». Une très belle fontaine du XVe siècle accueille les pèlerins, au bas de la rue des Tables. Elle porte ce nom en hommage à un jeune homme qui chantait des cantiques dans le quartier, lors des fêtes de Noël.

Dans le dédale des rues du Puy-en-Velay

Délaissant la place des Tables, nous empruntons ensuite la rue Raphaël et ses hautes demeures anciennes ; un salut amical au passage à Saïd, jovial patron de « La Felouque », incontestable roi du couscous. Puis l'étroite rue Chenebouterie nous mène à la fameuse place du Plot. À l'angle de cette place et de la rue Saint-Jacques que

Enseigne de « La Felouque » au pied de la cathédrale.

Le château et le village de Polignac près du Puy-en-Velay.

nous allons prendre, la moderne statue de l'apôtre nous adresse son ultime bénédiction.

Promeneurs et commerçants nous encouragent de la voix et du sourire. Tout va bien, c'est l'euphorie ! Au croisement de la rue Saint-Jacques et de la rue des Capucins, première rencontre avec une pèlerine, lourdement chargée, dont nous allons faire plus ample connaissance peu après. Une vieille dame l'interpelle et lui lance un sonore « bonne chance » qui nous refroidit quelque peu ! Le chemin de Saint-Jacques serait-il si dangereux qu'il faille de la chance pour arriver à bon port ?

La rue des Capucins nous ramène à la dure réalité du pèlerin-randonneur : ses premières pentes très raides nous font oublier l'euphorie passagère du départ. La croix du faubourg Saint-Jacques se révèle un prétexte bien commode pour se reposer quelques instants. Le socle porte la date de 1772. Sur un côté on distingue deux personnages, sans tête, que la tradition attribue à saint Jacques et à un pèlerin.

Le silence s'installe, les mollets se tendent, la concentration du marcheur est totale... sur les pentes de la rue des Capucins et de celle de Compostelle qui suit.

Nous voici bientôt à la sortie du Puy. Des hauteurs, la vieille cité mariale, en son écrin de montagnes, nous offre un superbe panorama. Puis le bitume fait place à un large chemin caillouteux. Pour un randonneur, qu'il soit pèlerin ou simple marcheur, c'est comme s'il retrouvait sa raison d'être ; car enfin, fouler les rues des villes, c'est une occupation quotidienne et ordinaire, alors que partir sur le GR, c'est la découverte d'un « monde inconnu », une porte ouverte sur l'aventure.

Au départ du Puy.

Halte rafraîchissante sur les chemins du Velay.

Juste devant nous, chemine la pèlerine croisée aux feux de la rue Saint-Jacques. Faut-il l'avouer, cette présence nous réjouit. Nul doute que la rencontre aura lieu bientôt. Quel plaisir que celui de l'échange ! Sur les chemins de France et de Navarre (sans oublier la Galice), il symbolise toute la fraternité qui rapproche les marcheurs : échanger un sourire, ses impressions sur le GR, ses sentiments sur la vie ou la société... Incontestablement, la marche favorise la réflexion « philosophique » et certains de nos éminents penseurs contemporains feraient bien de confronter leurs « hautes idées »... à l'humble sagesse vécue chaque jour sur les chemins.

Le soleil, très timide, joue à cache-cache dans un ciel cotonneux. C'est le temps idéal pour la marche.

Le précieux topo-guide du GR 65 (ne partez jamais sans cet indispensable compagnon) nous précise l'histoire de la première croix rencontrée, la « croix de Jalasset ». Datée de 1621, on l'appelle également « champ du journal », en mémoire d'un paysan qui fit le pari de labourer le champ sur laquelle elle est édifiée, en une seule journée. Il gagna son pari... et mourut d'épuisement !

Venant de Dunkerque, famille de pèlerins près de Montbonnet.

Le village de La Roche (5 kilomètres après Le Puy)

C'est le premier village traversé, c'est aussi la porte d'entrée dans les monts du Velay et juste à la sortie... la première ferme en ruines. On pense, tout naturellement, à la chanson de Jean Ferrat : « Pourtant, que la montagne est belle. »

Dès à présent, ce n'est plus un chemin, mais un sentier vagabondant sur les collines, qui va nous mener à Saint-Christophe-sur-Dolaizon. Mais diable, il est déjà midi et un champ odorant nous déroule son tapis d'herbes moelleux : le pèlerin s'écroule en un cri de bonheur. Premier geste : retirer les chaussures pour diagnostiquer (avec angoisse) l'état de cet organe vital pour le marcheur : le pied. (Ouf ! tout est OK, ni ampoules ni rougeurs... merci saint Jacques !). Un casse-croûte réparateur et... une petite sieste bercée de chants d'oiseaux (serions-nous déjà au paradis ?). Et pourtant, il faut bien s'arracher à cette douce félicité. On remet les chaussures aux pieds, les sacs au dos, les bâtons à la main et c'est reparti jusqu'au prochain vil-

Maison d'assemblée à Augeac. À gauche, un siège creusé dans le basalte.

lage le bien nommé : Saint-Christophe-sur-Dolaizon.

Ô miracle ! dans ce petit village perdu dans la campagne, le « saint Christophe » (qui veille sur les voyageurs, c'est bien connu) nous offre ses terrasses ensoleillées. Un café et la conversation s'engage avec nos voisines, dont le chargement nous renseigne sur leur présence en ce lieu : Marie-Thérèse et Marie-France font également le GR 65 jusqu'à Conques.

Une visite s'impose à la petite église romane du village : son origine volcanique s'inscrit dans ses vénérables pierres, patinées par les ans. Cette église est mentionnée dès 1161, puis en 1204, dans les documents émanant des Templiers du Puy-en-Velay, chargés d'assurer la protection des pèlerins.

Il est un peu plus de 13 heures et nous mettons le cap sur le village de Ramourouscle.

Le GR poursuit son bonhomme de chemin dans un océan de couleurs : vert des prés, jaune des bottes de foin, rouge des coquelicots, bleu des champs de clochettes... et le sourire amical des habitants de ces contrées « bénies de Dieu ».

Au village de Liac, la pèlerine qui nous précédait depuis Le Puy semble perplexe sur la direction à prendre. C'est un villageois qui vient nous remettre opportunément dans le droit chemin... que nous suivons désormais à trois, tout naturellement. Et c'est ainsi que nous faisons plus ample connaissance avec Angela (quel plaisir de mettre un prénom sur un visage !). Angela est enseignante et a décidé de « s'offrir » le GR 65 pour ses cinquante ans !

La conversation s'anime tant et si bien... que l'on oublie le GR ! La traversée du village de Chamard, puis sa retraversée, quelques minutes plus tard, se fait sous les sourires gentiment moqueurs de ses habitants. Nous serons désormais plus attentifs aux célèbres petites bandes « rouges et blanches ». Oubliant bien vite cette petite péripétie, nous atteignons bientôt le village de Ramourouscle.

Après avoir admiré au passage sa maison d'assemblée et sa très belle croix datée de 1631, nous mettons le cap sur Montbonnet, où Angela a décidé de s'arrêter pour la nuit (et c'est elle qui a fait le bon choix !).

Les maisons « d'assemblée »

Il existe encore dans plusieurs villages traversés par le GR, du Puy à Saugues, des maisons anciennes, connues sous le nom de « maisons d'assemblée ». Elles sont la preuve vivante de l'hospitalité dont pouvaient bénéficier les Jacquets, le long du chemin. Véritables « gîtes d'étape » avant la lettre, ces maisons d'assemblée étaient tenues par des « donats », anciens serviteurs des templiers. Celle de Ramourouscle, située près d'un porche portant la date de 1674, s'avère très intéressante car on connaît ses origines par des documents d'archives : en l'an 1150, Allemand de Barbaste, sa femme Guillaumette D'Agrain et leurs enfants Poas, Hugues et Guillaume vendent à Gérard, maître de l'hôpital du Puy, deux mas à Ramourouscle... pour la somme de 22 marcs d'argent...

Chapelle Saint-Roch peu avant Montbonnet.

Il est à peine 15 heures quand se découvre, à nos yeux ravis, la chapelle Saint-Roch, peu avant Montbonnet. Quel merveilleux tableau champêtre : le rouge des tuiles du toit tranche sur le vert de l'écrin, où elle se niche. Les portes de la chapelle étant fermées, il nous faut renoncer à visiter l'intérieur et reprendre, sans tarder, le chemin vers Saint-Privat-d'Allier, terme de cette étape.

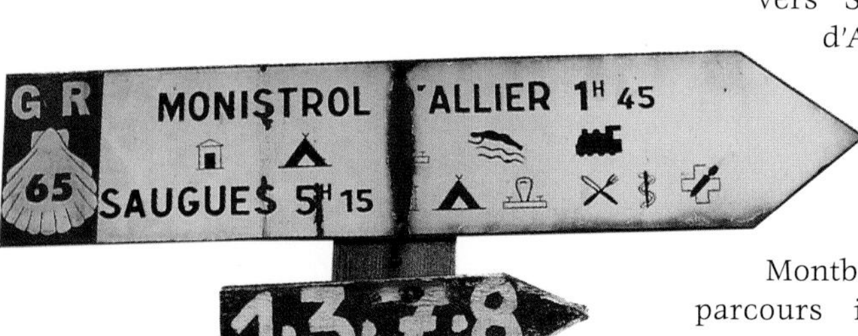

Panneau du GR 65 à Saint-Privat-d'Allier (Haute-Loire).

Un conseil : Le Puy-Montbonnet est le parcours idéal pour une première journée de marche, d'autant que le gîte d'étape y est particulièrement accueillant.

Passé Montbonnet, le GR grimpe allégrement vers le plateau de la Vesseyre. Le topo-guide indique un lac au nom curieux : « le lac de l'Œuf ». En fait nous ne rencontrons ni « lac » ni « œuf » mais une véritable forêt de sapins aux senteurs épicées. Nous avons atteint l'altitude respectable de 1 200 mètres !

La descente vers Saint-Privat-d'Allier offre ensuite de superbes points de vue sur ces monts du Velay si agréables à parcourir... l'été ! (Il en est tout autrement l'hiver quand la neige y abonde sur les hauteurs.)

Passé le village du Chier, on devine déjà Saint-Privat dans la vallée, et nous voici bientôt devant la ferme de Piquemeule et son émouvante croix du XIVe siècle. On y admire le Christ sur l'une des faces et l'agneau mystique au revers.

Las et fourbus, nous atteignons enfin Saint-Privat-d'Allier.

DEUXIÈME ÉTAPE SAINT-PRIVAT-D'ALLIER - SAUGUES (17,5 KILOMÈTRES)

L'air des montagnes favorise le sommeil, c'est bien connu. Frais et dispos, nous reprenons le chemin aux aurores.

Rochegude entre Saint-Privat et Monistrol-d'Allier. Venant de Strasbourg un étudiant en architecture illustre le chemin de saint Jacques sur son carnet de croquis.

Du bourg de Saint-Privat à la citadelle de Rochegude, le GR serpente dans la campagne, reprenant parfois le vieux chemin médiéval et ses antiques pavés. En moins d'une heure, nous voici déjà sur les hauteurs de Rochegude.

Nul besoin d'être un spécialiste de la stratégie militaire pour saisir l'intérêt de sa position. Dominant les gorges de l'Allier, le château de Rochegude contrôlait la frontière entre le Velay et le Gévaudan. Les puissants seigneurs de Mercœur en firent une place forte aux XIIe et XIIIe siècles. De cet imprenable nid d'aigle, il ne reste désormais que des ruines éparses (et dangereuses) autour du fier donjon... et une petite chapelle Saint-Jacques, accrochée au rocher.

Du promontoire, la vue sur les gorges de l'Allier est absolument magnifique : de Rochegude à Monistrol-d'Allier, le GR 65 emprunte un étroit sentier cheminant à travers des éboulis de roches plus traîtres les uns que les autres. La prudence est de mise tout au long de cette périlleuse descente. On atteint, à l'heure du casse-croûte, la charmante cité de Monistrol-d'Allier.

Au cœur des gorges sauvages de l'Allier (le canyoning y connaît un succès croissant), Monistrol-d'Allier rappelle par son nom originel « Monasterium » (monastère) une histoire fort ancienne. Lieu de passage depuis l'Antiquité, Monistrol-d'Allier le fut bien entendu par les Jacquets.

Un pont métallique a fait place aux ponts « romains » qui se sont succédé sur la rivière impétueuse. Peu après ce pont, au cœur du vieux village, ne manquez pas de rendre visite à l'église paroissiale. De style roman (XIIe-XIIIe siècle) c'est l'ancien prieuré affilié à l'abbaye de La Chaise-Dieu.

Regardez bien la croix située derrière le chevet de l'église. Elles est datée du XVIe siècle, et son fût est orné d'une coquille et d'un bourdon (symboles des Jacquets). Sur le côté, on croit distinguer saint Jacques... ou un pèlerin tout simplement.

Monistrol et le chemin de fer

Le transport par rail a connu un développement extraordinaire au XIXe siècle. La construction de lignes à travers les montagnes s'est faite au prix de véritables travaux d'Hercule. Il en fut ainsi pour la ligne Alès-Brioude, à travers les Cévennes et le Massif central. 1870 vit l'inauguration de la gare de Monistrol. Avec ses nombreux ouvrages d'art, c'est encore de nos jours l'une des plus belles lignes d'Europe, à découvrir les yeux grands ouverts !

Chapelle de la Madeleine : halte providentielle après la rude montée vers le village d'Escluzels.

À la découverte du Gévaudan

Les premiers pas en cette terre légendaire ne sont pas de tout repos : sitôt franchies les rives de l'Ance, c'est une montée continue sur une pente abrupte propre à décourager « les marcheurs du dimanche » (ce qui n'est pas le cas des pèlerins du GR 65, bien entendu). Il faut savoir reprendre son souffle, se reposer régulièrement et se repaître du coup d'œil sur la vallée du haut Allier.

Dans les derniers lacets bitumés, nous rejoignons un jeune randonneur à l'allure bien tranquille. Claude est marseillais et ce n'est pas cette origine qui explique son rythme tranquille mais l'expérience d'un « vieux sage », adepte des GR, en France et à l'étranger.

La chapelle de la Madeleine s'avère bientôt une halte providentielle. Cet édifice du XVIIe siècle a succédé à une très ancienne grotte-oratoire (certains historiens lui attribuent même une origine « celtique »).

De chaque côté de la chapelle, on aperçoit encore les vestiges d'anciens sarcophages creusés à même le basalte. Des fouilles effectuées en 1872 ont mis au jour des ossements humains et des pièces de monnaies anciennes.

De la chapelle au village d'Escluzels, le GR poursuit sa pénible ascension. Mais la conversation animée avec Claude en efface totalement le souvenir ! Il faut dire que le projet de notre Phocéen d'aller à Compostelle... et peut-être même au Portugal nous soulève d'admiration. Son calme et sa sérénité ne laissent pas d'impressionner. Soyons donc à la hauteur !

En son agréable compagnie, nous allons traverser ces bois et ces monts du Gévaudan qui n'ont vraiment plus rien de leur sulfureuse réputation d'antan. C'est au contraire une promenade verdoyante qui nous mène, peu avant midi, aux portes de la capitale du Gévaudan, Saugues.

C'est sur les hauteurs dominant la ville que Claude nous quitte, pour y faire bombance, par égard à son amour de la bonne chère. Pour notre part, encore sous le charme de cette randonnée matinale, nous décidons de pique-niquer dans un petit bois, au bord du chemin. Erreur funeste !

Les nuages ne paraissaient guère menaçants à l'attaque du premier sandwich... et déjà, on salivait à la pensée du café, véritable « dopant » du marcheur. Et puis quoi, le cœur de Saugues nous attendait à quelques centaines de mètres... pourquoi s'inquiéter ?

Bien sûr, aux premières gouttes, on étrenna nos pèlerines toutes neuves. (On ne dira jamais assez de bien de cet « accessoire » indispensable aux randonneurs !) Et puis tout à coup, les foudres du ciel se déchaînèrent : en quelques minutes, des trombes d'eau s'abattirent sur deux pèlerins ébahis, ne sachant à quel arbre se vouer (grosse erreur : ne jamais se réfugier sous un arbre en cas d'orage). Les curieuses sculptures contemporaines longeant les derniers hectomètres du sentier virent passer deux silhouettes affolées, totalement désemparées.

Une seule issue : rejoindre au plus vite le havre si réputé de madame Itier, la « bonne mère » des Jacquets d'aujourd'hui. À la suite d'une course épique à travers les rues de cette bonne ville de Saugues, noyée sous des torrents de pluie, la demeure nous apparut enfin, tout en haut de la rue des Roches.

Frigorifiés, claquant des dents en ce mois de juillet glacial, nous fûmes rapidement réconfortés par Brigitte, la fille de madame Itier. Un grand bol de café vint réchauffer les corps transis.

Le soleil daignant chasser enfin les nuages assassins, nous partîmes à la découverte de la cité chère à Robert Sabatier, dont « Les Noisettes sauvages » nous avaient si bien mis en appétit ! La capitale du Gévaudan n'a nullement usurpé sa réputation. La « tour des Anglais », qui se dresse fièrement au cœur du vieux bourg, en rappelle l'histoire mouvementée.

Madame Itier, la « bonne mère des Jacquets ».

Saugues. La tour des Anglais.

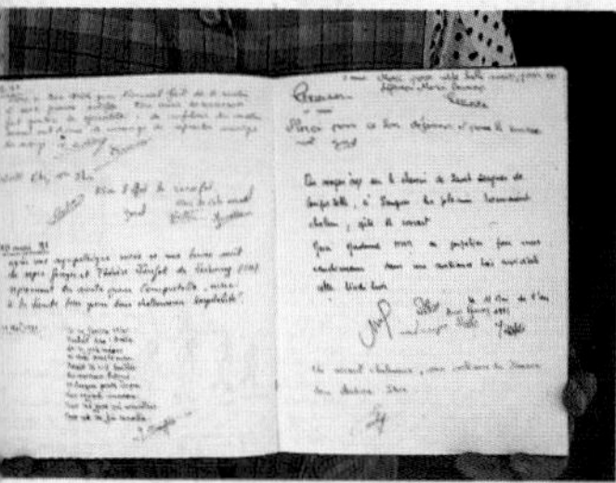

Livre d'or de madame Itier.

Place forte du haut Gévaudan, à la frontière de l'Auvergne, Saugues prospéra au Moyen Âge, à l'abri d'un château édifié par les seigneurs de Mercœur.

La tour actuelle est en fait le donjon de l'ancien château ravagé par un incendie (comme tout le centre-ville) dans la nuit du 4 au 5 septembre 1788.

Statue de saint Jacques. Hospice de Saugues.

Saugues et les Pénitents blancs

Chaque année, le jeudi saint voit se dérouler un événement très important pour Saugues et sa région : la procession des Pénitents blancs, à travers les rues de la ville.
Cette cérémonie religieuse, véritable témoignage de foi, rappelle la permanence d'une très ancienne confrérie : celle des Pénitents de Saugues, fondée en 1652.
Ce sont également les Pénitents qui ont restauré la chapelle... des Pénitents que vous pouvez visiter, près de la collégiale Saint-Médard.

La « tour des Anglais » ne doit rien aux gens d'armes de la perfide Albion. Son nom rappelle tout simplement l'un des épisodes de la très meurtrière guerre de Cent Ans : le traité de Brétigny (1360) ayant mis au « chômage » de multiples troupes de mercenaires, une bande de « routiers », « d'Anglais » (comme on les appelait à l'époque) s'empara de la ville au mois de mars 1362.

Les troupes du roi de France, commandées par le maréchal d'Audrehem, firent le siège de la ville pour les déloger. Mais les « routiers » résistèrent si bien qu'il fallut négocier, à prix d'or, leur départ de la cité.

Sauvée de la ruine par Lucien Gires, artiste réputé... et enfant du pays, la tour des Anglais abrite aujourd'hui des expositions tout à fait remarquables sur « la forêt et les hommes » et « les métiers et la vie d'autrefois en Gévaudan ». Pour ma part, j'ai beaucoup apprécié les grandes fresques de Lucien Gires sur la vie dans la forêt, depuis les origines de l'homme.

À deux pas de la tour des Anglais, la promenade nous mène ensuite à la collégiale Saint-Médard. Son clocher-porche, de style roman auvergnat, rappelle son origine fort ancienne (XIIe siècle).

Siège d'un important collège de chanoines, l'église Saint-Médard accueillit de nombreux pèlerins au cours des siècles. De sa splendeur passée, la collégiale nous offre encore aujourd'hui de précieux témoignages :

- le trésor (exposé derrière une vitrine) avec ses croix de procession dédiées à saint Médard, saint Crépin et sainte Anne. Elles ont été réalisées (en argent repoussé) au cours des XVe et XVIe siècles par des orfèvres du Puy-en-Velay.
- La Vierge en majesté, du XIIe siècle (admirable ! prenez le temps de la contempler).
- La pietà en bois polychrome du XVe siècle.

Quel plaisir de déambuler dans les rues chargées d'ans du cœur de

Prairie fleurie de Margeride.

Saugues ! Quel bonheur de lier tout naturellement conversation avec l'antique tenancière du café et l'aimable libraire de la place centrale ! On comprend mieux pourquoi (comme Robert Sabatier), l'on y respire le bien-être à pleins poumons.

L'après-midi avait été lumineux, la soirée allait être de la même veine. Sous l'œil attendri de Marinette, une grande tablée réunit des pèlerins éprouvés par cette rude journée. (Les Itier pourraient vous citer plus d'un randonneur ayant abandonné le chemin de Saint-Jacques à Saugues, écœuré par la traversée des monts du Velay.)

Il faudra bien un jour élever une statue à la « bonne mère » de Saugues ! La chaleur et l'amitié eurent tôt fait de dissiper l'abattement passager. Le repas du soir n'y fut pas pour rien : il fallait voir ces convives déguster (sans modération) l'exquise salade de foie de lapin et le savoureux bœuf en daube (en sus de la soupe de légumes, fromages et desserts !). Vous pensez peut-être que j'exagère ! consultez donc le livre d'or : il prouve largement que depuis plus de vingt ans, cette demeure est bien plus qu'une chambre d'hôte : une vraie maison d'amitié.

Troisième étape
Saugues - Le domaine du Sauvage
(19 kilomètres)

C'est une randonnée au cœur de la Margeride qui s'inscrit au menu du jour.

La complainte de la bête du Gévaudan

La célèbre bête a inspiré de nombreuses complaintes chantées les soirs d'hiver, au coin du feu. Écoutez bien ces quelques couplets :

« Venez les yeux en pleurs,
Écoutez, je vous prie,
Le récit des horreurs
D'une Bête en furie.

Lorsqu'elle tient sa proie,
Cette cruelle Bête
En dévore le foie
Le cœur avec la tête ;
Monstre funeste,
Cet animal dévorant,
À craindre comme la peste
Ne s'abreuve que du sang...

Sa grande cruauté
L'a fait voir à Pradelles,
Où elle a dévoré
Plusieurs jeunes pucelles.
Chacun frissonne
En voyant dans un moment
Au moins vingt-deux personnes
Réduites au monument. »

La bête du Gévaudan

1999 a vu l'ouverture à Saugues d'un musée consacré à la fameuse « bête du Gévaudan ». Il faut bien reconnaître que ce monstre hante encore la mémoire des habitants de la région. Ses exploits ont été célébrés dans de multiples livres d'histoires et de légendes... inutile donc d'en rajouter !

Rappelons cependant le terrible « tableau de chasse » de la bête : de l'été 1764 au mois de juin 1767, près d'une centaine de personnes (femmes et enfants surtout) en furent ses malheureuses victimes.

Elle sera enfin abattue le 19 juin 1767, au lieu-dit La Sogne-d'Auvers, par un chasseur local, Jean Chastel, qui entrera ainsi dans la légende. Ce dernier sera même reçu à Versailles, par le roi Louis XIV, avec le cadavre de la « bête » (fort faisandée)... qui sera enterrée sur place.

La bête de Gévaudan à Aumont-Aubrac (Lozère).

L'Hospitalet du Sauvage. Ancien domaine de Templiers. Aujourd'hui gîte au cœur du pèlerinage médiéval.

Le GR chemine tranquillement à travers des forêts de résineux de plus en plus denses, parsemées d'énormes blocs granitiques qui ajoutent à la beauté des paysages. Comme l'Aubrac, la Margeride est un véritable paradis pour la faune et la flore sauvage.

Ainsi accueille-t-elle aussi bien des représentants de la flore alpine, comme le lis martagon, que des variétés nordiques tels le bouleau nain ou la lysimaque en thyrse...

Le patrimoine n'est pas moins riche. Le GR traverse des villages aux antiques maisons de granit, que nous allons découvrir successivement :

Chanaleilles. Poignée de porte de l'église romane.

La Clauze

Du château édifié au XIIe siècle, qui joua un rôle important durant la guerre de Cent Ans, il reste la tour accrochée à un énorme bloc de granit.

Le Villeret-d'Apchier

Attirés par une promesse de « café-casse-croûte » bien indiquée sur le GR, nous y ferons une halte... salutaire !

Ce sera également l'occasion d'admirer les nombreuses sculptures réalisées par les habitants du village, dont la tradition du travail de la pierre se lit sur le linteau des portes et des murs.

Le cartulaire de Saint-Chaffre du Monastier prouve qu'il existait une chapelle en ce village au XIIe siècle. Elle a disparu à la Révolution. La superbe Vierge romane qu'elle renfermait est exposée aujourd'hui à l'église de Chanaleilles, notre prochaine étape.

Chanaleilles

Situé hors GR (à 500 mètres) le village vaut le détour : le clocher-arcade de l'église se profile très loin à l'horizon... et attire le pèlerin irrésistiblement.

La beauté majestueuse de la statue de Notre-Dame de Villeret illumine l'intérieur de cette petite église harmonieuse, par ailleurs, entourée de pierres tombales et sarcophages.

De Chanaleilles au domaine du Sauvage, le GR serpente à travers une magnifique forêt de hêtres qui rappelle, qu'autrefois, la Margeride était la terre de cette espèce, par excellence.

Ces forêts appartiennent aujourd'hui au domaine du Sauvage, vaste surface boisée, désormais propriété du département de Haute-Loire. Les bâtiments du domaine se devinent de très loin, isolés en pleine forêt. C'est la même vision qui s'offrait aux pèlerins du Moyen Âge. Une commanderie de Templiers assurait l'accueil des Jacquets, en ces sommets désolés de la montagne.

À 1 300 mètres d'altitude, battu par les vents, recouvert de neige plusieurs mois par an, le col de la Margeride s'avérait un obstacle redoutable. C'est pourquoi, en 1198, Hélye de Chanaleilles et Hugues de Thomas firent édifier en ces lieux un hôpital, « L'Hospitalet », et une chapelle dédiée à saint Jacques (aujourd'hui chapelle Saint-Roch).

« L'Hospitalet », d'abord tenu par les Templiers le fut ensuite par l'hôtel-Dieu du Puy (en 1314, à la suite de l'abolition de l'ordre des Templiers).

L'actuel domaine du Sauvage perpétue cette tradition d'accueil des pèlerins, puisqu'un gîte d'étape occupe l'une des ailes de la ferme du Sauvage.

L'immense solitude de la propriété, l'énormité des murs du bâtiment, des cheminées, des poutres... tout concourt à créer une atmosphère très particulière. Il y fait si froid, qu'on y fait du feu pratiquement toute l'année ! Mais quel plaisir de prendre ses repas, tandis que brûlent des troncs entiers dans la cheminée séculaire !

Quatrième étape
Domaine du Sauvage - Saint-Alban-sur-Limagnole
(12,5 kilomètres)

C'est une courte étape que nous allons effectuer aujourd'hui. Vous imaginez peut-être que nous sommes exténués, au bord de l'épuisement... et de l'abandon. Pas du tout ! Mais il est un impondérable dont il faut tenir compte lors d'une randonnée : le temps.

Chapelle Saint-Roch au col de la Margeride.

Pèlerins arrivant au Sauvage.

Colette appréciant l'eau pure de Saint-Chély-d'Aubrac.

Nous avions prévu de faire escale au village des Estrets, dont le gîte d'étape nous avait été chaudement recommandé par madame Itier. Une pluie glaciale et continue allait modifier nos plans en fin de matinée. Face à la promesse d'un après-midi « hivernal », nous décidâmes de nous arrêter à Saint-Alban-sur-Limagnole... grand bien nous fit !... Mais reprenons le cours de notre marche.

À l'issue d'un copieux petit déjeuner, au coin de la cheminée du gîte du Sauvage, la sortie sous une bruine tenace n'annonçait rien de bon. Et pourtant, les sentiers parcourant le domaine sont des plus agréables : sol souple, senteurs enivrantes de l'humus et des arbres de la forêt.

Patrick dans la traversée de l'Aubrac.

Trois kilomètres plus loin, nous voici déjà à la fontaine Saint-Roch.

Depuis des siècles, l'eau de la source qui y coule a la réputation de guérir toutes sortes de maux : yeux, plaies, ulcères... et l'on peut surprendre encore de nos jours des familles maintenant cette vieille tradition en se passant l'eau sur les yeux, le visage ou le corps.

La fontaine annonce la chapelle Saint-Roch, toute proche, qui marque la limite entre le département de la Haute-Loire et celui de la Lozère. Autrefois appelé chapelle de l'hospitalet du Sauvage, le sanctuaire actuel est très récent, puisque consacré en 1901.

Nos premiers pas en Lozère allaient se traduire par une rencontre choc, comme il en arrive rarement. Peu avant d'aborder le chemin, une étrange silhouette fit soudain son apparition : des coquilles balançant au rythme d'une marche soutenue, un grand bâton soulignant l'allure décidée, c'est un Jacquet des temps anciens qui surgit tout à coup du chemin.

L'étonnement allait bientôt faire place à l'admiration : notre pèlerin nous raconta son histoire, en toute simplicité.

Depuis 1983, celui-ci accomplit, tous les trois ans, un pèlerinage à Compostelle, en suivant chacune des quatre grandes voies. Catholique convaincu, fervent disciple du « bon apôtre Jacques » comme il aime à le dire, il est parti de Compostelle le 7 mai 1996, jour de ses... soixante-dix ans ! Par les chemins d'Espagne et de France du GR 65, puis les petites routes de campagne, il s'en va rejoindre son logis... à Liège !

En fait d'histoire belge, c'est proprement abasourdis que nous le regardons s'éloigner, d'une allure de jeune homme, qui nous laisse pantois.

De la chapelle Saint-Roch à Saint-Alban-sur-Limagnole, le GR descend paisiblement à travers un paysage de bois, de landes et genêts qui fait tout le charme des campagnes de notre douce France.

Une agréable surprise nous attendait au village du Rouget, peu avant Saint-Alban. La présence de panneaux explicatifs « sur les chemins de Saint-Jacques-de-Compostelle », au bord du chemin, nous étonna tout d'abord. En fait, c'est toute une série de panneaux consacrés à l'histoire du pèlerinage qui accompagne le marcheur jusqu'au cœur de la cité. Comment ne pas souligner l'heureuse initiative de la municipalité !

La bruine du matin avait fait place à une pluie drue et glaciale tandis que nous atteignions le centre de Saint-Alban. Un petit bar-snack, bien sympathique, accueillit les pèlerins affamés. Deux heures plus tard, après moult cafés, un problème « cornélien » se posait : allions-nous poursuivre notre chemin sous les trombes d'eau qui s'annonçaient ?

Fort sagement, nous décidâmes de rejoindre le gîte installé à l'hôtel du centre... édifié sur l'emplacement d'un monastère où les franciscains accueillaient les pèlerins, au Moyen Âge. Bien au chaud, dans nos confortables duvets, nous fûmes bientôt rejoints par Marie-France, Marie-Thérèse et Angela... transies de froid !

Cinquième étape Saint-Alban-sur-Limagnole - Aumont-Aubriac (14,5 kilomètres)

Le soleil ayant enfin cessé de bouder, c'est sous un ciel d'un bleu limpide, que débute la marche quotidienne.

L'humour, de surcroît, s'invite au menu du jour : le chemin passe tout d'abord à côté d'une très ancienne croix de granit, comme on en découvre tout au long de ce GR 65. Par contre la croix suivante, composée de deux antennes de télé, s'inscrit sans doute dans le cadre de la création contemporaine !

Au sortir du village de Grazières-Mages, le petit pont sur la Limagnole offre un superbe point de vue sur cette campagne bucolique : prenez le temps de la contempler et de la fixer sur pellicule.

Rivière la Limagnole en Lozère.

Un dernier regard à l'ultime panneau explicatif des chemins de Saint-Jacques (encore bravo, monsieur le maire) et c'est la lente montée vers le village de Chabanes-

Croix des 3 évêques. Point de rencontre de la Lozère, du Cantal et de l'Aveyron.

Planes, puis la descente sur celui des Estrets.

La très riche histoire de ce dernier mérite une attention toute particulière. Il fut en effet l'une des dix Maisons dépendant de la commanderie principale des chevaliers de l'ordre de Saint-Jean-de-Jérusalem, installée à l'hospitalet du Mont-Lozère. Leur présence aux Estrets est signalée dès le mois de juin 1266. La chapelle, autrefois à l'usage exclusif de la Maison hospitalière, est devenue église paroissiale, en 1843. C'est une merveille d'harmonie et de sérénité. Parfaitement restaurée, elle possède un mobilier remarquable.

L'église de Sainte-Urcize (Cantal) mérite un détour, entre Nasbinals et Aubrac. Ici, une représentation d'un pèlerin mangeant un pain.

Quittant à regret le village, nous rejoignons bien vite Le Pont-des-Estrets. « L'Estroit pont », édifié sur la Truyère, marquait la limite de propriété des seigneurs de Peyre. Véritables maîtres de la région au Moyen Âge, ils y faisaient valoir un droit de péage qui donna lieu à de nombreux litiges.

Du Pont-de-Peyre à Aumont-Aubrac, le GR chemine sur les traces de l'ancienne voie romaine, la « Via Agrippa », reliant Javols (importante cité gallo-romaine à l'époque) à Clermont.

Peu avant d'atteindre Aumont-Aubrac, le dernier tronçon du GR nous permet de découvrir les premiers troupeaux de la célèbre race d'Aubrac.

Nous voici donc aux portes de cette contrée sauvage et mystérieuse, qui hante les mémoires des Jacquets, depuis l'origine du pèlerinage... et qui impressionne toujours autant les pèlerins d'aujourd'hui !

Aumont-Aubrac

La présence de nombreux hôtels et restaurants dans la cité prouve d'emblée sa vocation de lieu d'échange et de passage. C'est vrai que de tout temps, la ville a été une terre d'accueil. Les voies romaines et médiévales s'y croisaient autrefois. Aujourd'hui, c'est la grande autoroute, l'A 75, qui y fait escale.

Avant de rejoindre le gîte d'étape au relais de Peyre, une visite s'impose à l'église Saint-Étienne et... à l'office du tourisme. Celui-ci occupe en effet les murs de l'ancien prieuré d'Aumont.

Alors que ce dernier tombait en ruine, la municipalité l'achète en 1989 et le fait restaurer, dans les règles de l'art. Ce qui nous offre désormais un office du tourisme « historique » : le portail, en arc brisé, est parfaitement mis en valeur. À l'intérieur, deux salles sont réservées aux expositions (et l'amabilité des hôtesses est à l'avenant !). L'une des expositions est d'ailleurs consacrée aux puissants seigneurs de Peyre qui ont marqué

Aubrac, moulin de la Folle.

de leur empreinte l'histoire de la région au Moyen Âge.

L'église Saint-Étienne, de style roman, rappelle l'existence, attestée dès le XIIe siècle, d'un prieuré important dédié lui aussi à saint Étienne.

La croix de l'Oustalet illustre enfin le passage des pèlerins par la représentation d'un Jacquet avec ses attributs : coquilles, bourdon et besace.

La soirée au gîte d'étape va donner lieu à une scène cocasse. Très fréquenté en saison estivale, ce havre de repos se transforme en véritable cauchemar quand deux pèlerins exténués entreprennent un concours... de ronflement, à l'extinction des feux ! Face à cette nuit qui s'annonçait fort bruyante... et « toute blanche », nous irons nous réfugier (après une ultime résistance) dans les draps frais de l'unique chambre disponible de l'hôtel, sis... au-dessus du gîte.

Sixième étape
Aumont-Aubrac - Nasbinals
(26,5 kilomètres)

La nuit fut belle... les rêves sereins... la paix était revenue. Au menu du jour s'inscrit, en lettres d'or, un plat unique : l'Aubrac.

Depuis près de mille ans, les récits des pèlerins, assaillis sous les

Aumont-Aubrac. Pèlerine venant de Belgique.

Entre Rieutort-d'Aubrac et Nasbinals, la grotte et la cascade de Deroc valent le déplacement.

bourrasques de neige, totalement perdus en ces immensités désolées, en ont fait un véritable mythe.

Aujourd'hui encore, quand on demande aux pèlerins de Compostelle la région qui les a le plus marqués, à l'issue de leur pérégrination, l'Aubrac arrive bien souvent en tête de liste. Il nous tarde de partir à sa rencontre ; aussi les premiers rayons du soleil voient-ils s'élancer deux pèlerins résolus et déterminés.

Le passage aménagé sous l'autoroute A 75 mérite d'être souligné tant il est rare que les souhaits des marcheurs soient pris en compte par nos chers technocrates.

Le GR chemine ensuite à travers des forêts de pins et sapins qui nous laissent sur notre faim : mais où sont donc ces horizons infinis qui font le bonheur des photographes ? (Que de sublimes ouvrages d'art sur l'Aubrac !)

À cinq kilomètres d'Aumont, le village de La Chaze-de-Peyre allait quelque peu calmer notre impatience : ses fermes séculaires recouvertes d'un toit de lauze, son four « communal » et sa chapelle dédiée à saint Jacques composent un tableau, banal en apparence, émou-

La « chapelette » de Bastide dédiée à Notre-Dame-de-la-Salette.

vant justement par la sérénité qui s'en dégage. Comment pourrait-il en être autrement sur ces terres et ces chemins qui ont vu passer tant de générations de pèlerins. Tel était notre état d'esprit au moment d'atteindre la chapelle de Bastide.

Coincée entre plusieurs routes et de hideux poteaux électriques (sans oublier les inévitables panneaux de signalisation) la « chapelette » de Bastide tente désespérément de mettre en valeur ses atours.

Ce sont tout d'abord des pierres de grès et de calcaire, portant des inscriptions en lettres gothiques, qui nous apprennent l'origine de ce minuscule sanctuaire. La transcription de la première nous indique qu'en *l'an 1512 le sieur Pierre Bastide jadis cellier*[1] *du chapitre de l'église de Mende, bénéficier*[2] *dans la même église a fait faire cette croix et ce toit.*

1. Cellier : trésorier.
2. Bénéficier : celui qui touchait les revenus de la chapelle.

La seconde inscription précise les conditions de *l'absoute (absolution) accordée aux défunts déposés à cette croix*, à l'initiative de Pierre Bastide, originaire de la paroisse de La Chaze.

Nous passons ensuite par le village de Lasbros, aux habitants si accueillants, que l'un d'eux a tenu à l'exprimer sur un petit écriteau : « Compostelle, bon voyage ». (Attention délicate qui honore son auteur !)

Décidément, cette marche matinale se déroule sous le signe de l'humour : jusqu'au carrefour des quatre chemins, nous serons assaillis par une publicité nous conviant à calmer notre soif... « Chez Régine » ! Les noctambules parisiens auraient-ils décidé soudainement de faire pénitence en ces terres arides ?

« Chez Régine », c'est en fait l'ultime « oasis » où se désaltérer et reprendre quelque force, avant d'attaquer « le désert » de l'Aubrac.

Les clôtures longeant le sentier annoncent les premiers troupeaux

Un troupeau de cette magnifique race d'Aubrac.

de cette magnifique race d'Aubrac. Le chemin n'est plus qu'un marécage de boue et pourtant, la proximité de taureaux, véritables seigneurs régnant sur de placides harems, invite le pèlerin à la plus grande prudence. Il vaut mieux vérifier l'imperméabilité de ses chaussures de marche que l'humeur du maître des champs !

Rassurez-vous, l'aventure ne dure que quelques centaines de mètres. Peu avant le moulin de la Folle, l'Aubrac entre en scène, dévoilant ses merveilleux paysages, en « Technicolor ». Un océan de verdure s'étale à perte de vue. Le gris

Village de Lasbros.

Paysage de l'Aubrac.

La flore de l'Aubrac

Les prairies, sous-bois et tourbières de l'Aubrac, sont réputés pour être le paradis des fleurs. Cette réputation est tout à fait justifiée puisque l'on y compte plus d'un millier d'espèces différentes. Certaines fort rares : lis martagon, « calament » ou thé d'Aubrac..., d'autres plus répandues : bruyères, jonquilles, narcisses et gentianes (dont on fait un apéritif très connu)... Dès le printemps les amateurs de botanique iront découvrir ces milliers de fleurs aux noms étranges : scille, dentaire, parisette, corydale, alchémilles, sceau-de-Salomon... (mais, de grâce, ne cueillez point les espèces protégées !).

Murets de pierre en Aubrac.

Pont de Marchastel.

sombre d'un buron et le blond-roux des troupeaux viennent compléter la palette des couleurs de cet incomparable tableau champêtre. Sur un chaos de granit affleurant au bord du chemin, on s'assied et dans le silence, on contemple ce véritable paradis terrestre.

Du moulin de la Folle au bourg de Nasbinals, le GR serpente le long de champs bordés de murets de pierre, sur un tapis moelleux fleuri de gentianes. Les déesses de l'Aubrac aux véritables « yeux de biches » ruminent paisiblement, totalement indifférentes aux compliments des pèlerins de passage.

Sur ce chemin de rêve, l'on passe ainsi près de la ferme des Gentianes, le hameau de Finieyrols, le roc des Loups pour atteindre le village de Rieutort-d'Aubrac.

Les deux antiques abreuvoirs-fontaines de granit, au centre du hameau, font le bonheur des pèlerins (comme des troupeaux) depuis des lustres. Rien de tel que l'eau de la claire fontaine pour se remettre de ses émotions... et reprendre des forces.

Les drailles

Le GR 65 emprunte de très anciennes voies, lors de la traversée de l'Aubrac, il s'agit des « drailles ». Ce sont les chemins tracés au cours des siècles par les troupeaux de moutons venant paître l'herbe fine des montagnes, durant l'estive (de mai à octobre). Les vaches et taureaux de la race Aubrac ont remplacé les moutons d'autrefois. Ce sont ces mêmes chemins de transhumance, souvent bordés de murets de pierres sèches, que suivent aujourd'hui les pèlerins.

Près du moulin de la Folle, Angéla s'engage dans une draille.

Le GR nous mène ensuite au pont de Marchastel, près duquel s'élevait autrefois le « moulin de Buckingham » (référence au célèbre capitaine anglais qui y subit une cuisante défaite).

Pour rester sous le charme des sortilèges de l'Aubrac, bien des randonneurs décident de faire halte, pour la nuit, au village suivant, Montgros. Ils y trouvent non seulement un hameau aux chaumières de granit miraculeusement préservées, mais aussi un logis des plus accueillants : l'« Auberge de la maison de Rosalie ».

Bar, restaurant, gîte d'étape, ici tout est conçu pour le repos du marcheur. Mais si vous préférez rejoindre la petite ville de Nasbinals, vous y trouverez également un gîte d'étape communal des plus confortables. (De l'avis général, c'est l'un des meilleurs du GR.)

SEPTIÈME ÉTAPE
NASBINALS - SAINT-CHÉLY-D'AUBRAC
(17 KILOMÈTRES)

L'Aubrac, encore et toujours ! Autant dire que le lever des pèlerins se fait dans la joie et la bonne humeur.

Une rapide visite à l'église romane du XIe siècle (aux chapiteaux remarquables), et déjà, il nous tarde de retrouver les chemins parfumés de l'Aubrac. Il nous faudra patienter jusqu'au sentier menant au pont de Pascalet, avant de poursuivre la pérégrination sur notre terrain favori : les drailles de transhumance.

Il arrive cependant que le GR s'égare en pleine nature : ni draille ni chemin bien marqué. Recherchons alors calmement les petites bandes « rouges et blanches » et ne jouons surtout point aux aventuriers de la piste perdue.

C'est précisément dans de telles circonstances que nous rencontrons deux pèlerines « déboussolées » : la plus âgée (qui n'est pas la moins dynamique) consulte fébrilement son topo-guide. Je rassure Marie-Laure, jeune sexagénaire belge, qui attendait impatiemment la retraite... pour s'élancer sur le chemin de Saint-Jacques.

Les « Déesses de l'Aubrac » au regard « andalou ».

C'est à Ginestouse-Bas que nous abandonnons Marie-Laure et sa compagne, désormais dans le « droit chemin » (nos rythmes de marche sont par trop différents).

La draille s'élève sensiblement, ouvrant de larges horizons sur ces monts d'Aubrac, dont on ne cessera jamais de louer la beauté. Et nous voici bientôt au refuge fièrement indiqué au sommet de la montagne (1 368 mètres !). Ces quelques planches de bois paraissent bien futiles en une telle immensité (et pourtant leur présence n'est certainement pas fortuite).

Un quart d'heure de contemplation... et de récupération, puis c'est la descente vers l'un des monu-

L'Aubrac, terre d'élevage

Le vaste plateau de l'Aubrac est divisé en trois cents « montagnes », secteurs où paissent les troupeaux de cent neuf communes. La race « Aubrac » est élevée dans des conditions particulières qui justifient sa renommée. Du mois de mai au mois d'octobre, les « montagnes » accueillent des milliers de bêtes. La transhumance est l'occasion d'une grande fête se déroulant à Aubrac, chaque année, vers le 25 mai. Autrefois, les gardiens de troupeaux séjournaient dans les « burons » (petites constructions de pierre) durant l'estive, soit quatre mois environ. Outre la surveillance des troupeaux, ils y confectionnaient un fameux fromage de pays en « fourmes » de 20 à 40 kg.

Notre-Dame des Gentianes veille sur l'arrivée des pèlerins à la Dômerie d'Aubrac.

« Maria », la cloche des perdus

Achevée en 1220, l'église actuelle marque la transition entre le roman et le gothique. Elle possédait autrefois un jubé fort réputé qui a malheureusement disparu. Par contre, la tour qui sert de clocher abrite une cloche célèbre entre toutes : « Maria », « la cloche des perdus ». Elle porte une inscription qui explique tout :

Deo jubila
Clero Canta
Daemones fuga
Errantes revoca.

Jubile pour Dieu.
Chante pour les clercs.
Chasse les démons.
Rappelle les égarés.

ments les plus prestigieux du GR : la Dômerie d'Aubrac.

L'ensemble des bâtiments se distingue de très loin et l'impression de puissance qu'ils dégagent rappelle l'origine première : celle d'une vocation d'accueil pour les Jacquets en ces monts d'Aubrac, ô combien périlleux au Moyen Âge.

L'histoire de cette dômerie-hôpital vaut d'être contée : en l'an de grâce 1120, Adalard, vicomte des Flandres, se rend à Compostelle en suivant la Via Podiensis. Il est attaqué sur ces hauteurs par une troupe de bandits, auxquels il réchappe de peu. Sur le chemin de retour, il subit en ces mêmes lieux une terrible tempête de neige. Y voyant le signe de Dieu, Adalard décide d'y édifier un hôpital destiné aux Jacquets de passage : l'« hospice Notre-Dame des pauvres ».

Adalard fera également construire un véritable ensemble monastique pour l'accueil des pèlerins. Au fronton de l'une des façades du monastère, on pouvait lire l'inscription suivante : *in loco horroris et vastae solitudinis* (en ce lieu d'horreur et de profonde solitude).

De l'hôpital et du monastère, il ne reste rien aujourd'hui. Par contre, l'église et la tour des Anglais témoignent encore de la riche histoire de la Dômerie d'Aubrac.

En effet, par temps de brouillard ou de neige, Maria sonnait pendant des heures, jour et nuit, pour indiquer aux pèlerins la direction de la dômerie. En a-t-elle sauvé des centaines de Jacquets la bonne « Maria » !

Nous profiterons de ces lieux prestigieux pour y faire un piquenique « au grand air », avant de prendre le café chez Germaine et son célèbre hôtel-restaurant.

De la Dômerie d'Aubrac au bourg de Saint-Chély-d'Aubrac, le GR entreprend une descente continue des plus agréables, de 1 307 mètres à 808 mètres d'altitude. Le village de Belvezet dominé par les ruines du château des seigneurs de... Belvezet nous donne l'occasion de faire une halte.

Aux abords de Saint-Chély, les prés bordant la rivière sont une invite permanente au farniente : l'herbe grasse et les milliers de papillons nous chantent le doux murmure du calme champêtre. Nous céderons bien vite à leur

Fresque à l'intérieur de l'église d'Aubrac représentant les différentes activités de la Dômerie.

appel et ce n'est qu'après une longue rêverie, en ce petit paradis, que nous mettrons le cap sur le gîte de Saint-Chély (très accueillant).

Huitième étape
Saint-Chély-d'Aubrac - Saint-Côme-d'Olt
(16 kilomètres)

La commune de Saint-Chély illustre à merveille les contrastes climatiques surprenants de ces terres d'Aubrac.

Sur les hauteurs, la dômerie s'expose au vent et au froid, même en plein été. Dans la vallée, le bourg, riche de ses balcons et jardins fleuris, évoque bien plus la douce vallée du Lot que le rude désert de l'Aubrac.

La randonnée débute par un amical salut au pèlerin immortalisé sur la croix du calvaire édifié sur le vieux pont enjambant la Boralde : d'une main, il tient son bourdon ; de l'autre, un chapelet. Puis c'est la montée à travers d'agréables bois de hêtres jusqu'au hameau dénommé Les Combrassats. Le passage près du village suivant, Foyt, nous réserve une triste découverte : une ferme, abandonnée depuis des lustres. Les toits s'effondrent, la charrette est mangée par les ronces. Ici, tout exprime le déchirement vécu par des milliers de paysans aveyronnais, contraints de quitter la ferme familiale pour « monter » à Paris. Durs à la tâche, courageux et solidaires, ils y sont aujourd'hui les rois des CHR (Cafés, Hôtels, Restaurants).

La suite du GR n'est qu'une longue descente, à travers des bois de hêtres et de châtaigniers à l'ombre bienfaisante, jusqu'au ruisseau de l'Aude. Un dernier effort et nous voici bientôt en vue de Saint-Côme-d'Olt, « l'un des plus beaux villages de France », comme le claironne fièrement un panneau, à l'entrée de la cité.

Saint-Chély-d'Aubrac. Le pont sur la Boralde.

Paysage d'Aubrac.

Le château de Calmont-d'Olt.

Le château de Calmont-d'Olt

Un château féodal fut édifié, dès le IXe siècle sur cette position exceptionnelle, d'où l'on découvre le massif de l'Aubrac et les plateaux du Causse.
Les premiers seigneurs connus « de Calmont-d'Olt » s'y établirent vers l'an mille. Leurs successeurs n'auront de cesse de fortifier ce site stratégique. Les barons de Calmont vont entreprendre des travaux qui s'étendront du XIIe au XVe siècle, date de construction de l'enceinte extérieure.
Vous pouvez revivre l'ambiance des guerres du Moyen Âge (le siège du château y est reconstitué) grâce à diverses animations proposées du 1er mai au 30 septembre. L'une des grandes attractions est assurément la démonstration de tirs de machines de guerre médiévales... reconstruites à l'identique !

Le gîte « Del Roumiou », qui accueille les pèlerins, est à l'image du centre historique de Saint-Côme : un logis médiéval parfaitement entretenu. L'office de tourisme fournit (gratuitement) un « guide pratique de visite » très clair, qui détaille toutes les richesses de la localité (et elles sont nombreuses).

Vous pouvez commencer par la chapelle des Pénitents blancs, qui n'est autre que la première église de Saint-Côme-d'Olt. Son origine romane se lit sur ses murs. Édifiée au Xe ou au XIe siècle, elle était dédiée à l'origine à saint Pierre de la Bouysse (« des buis »). Elle accueille aujourd'hui des expositions consacrées à l'histoire du pays d'Olt.

Près de cette chapelle, existait au Moyen Âge un hospice accueillant les pèlerins de Saint-Jacques (sa présence est attestée par des actes des XIIe et XIIIe siècles). Il portait le nom de saint-Côme, patron des médecins. La grande draille descendant de l'Aubrac, par où convergeaient les pèlerins, aboutissait tout près de cette chapelle des Pénitents.

Revenant sur vos pas, vous prendrez tout votre temps pour déambuler dans les ruelles moyenâgeuses du centre de Saint-Côme et contempler, tout à loisir, les demeures des XVe et XVIe siècles : « maison Pons de Caylus », « maison du consul de Rodelle », « maison Dufau », etc.

Neuvième étape
Saint-Côme-d'Olt - Estaing
(17 kilomètres)

C'est la riante vallée du Lot (L'« Olt » en occitan) que nous allons suivre tout au long de cette étape : ses coteaux couverts de vignes et de bosquets ombragés, ses cités médiévales miraculeusement préservées, ses ponts gothiques qui ont vu passer tant de Jacquets.

C'est d'ailleurs de celui de Saint-Côme-d'Olt, que débute la marche aujourd'hui. Le soleil est déjà bien rouge à l'horizon (la journée sera caniculaire !) lorsque nous quittons, à regret, la douceur de vivre de Saint-Côme ; un dernier regard, passé le pont, sur ce tableau des plus harmonieux, et déjà le GR nous invite sur la rive gauche du Lot.

Espalion (Aveyron). Église de Perse.

Le topo-guide nous signale la présence d'une fontaine célèbre, la « Font del Romieus », où venaient se rafraîchir les pèlerins avant d'entreprendre l'escalade des crêtes suivantes. Notre honte toute bue (et non l'eau de la fontaine), nous n'avons point trouvé l'emplacement de cette « Font del Romieus » (la même mésaventure est arrivée aux randonneurs que nous avons interrogés à ce sujet).

Et pourtant, le topo-guide est très clair (page 58) : « Une petite croix de pierre ciselée sur un bloc au milieu du sentier en signale la proximité. »

Vous voici donc prévenus !

L'amertume s'accroît avec la pente (plus raide que prévue) du GR jusqu'à la cote 483, au « Puech de Vermus ». Pour éviter l'asphyxie, une seule solution : faire honneur largement à la gourde dûment remplie de l'eau des fontaines de Saint-Côme.

Des hauteurs, la vue s'étend sur toute la vallée du Lot, dominée par les ruines d'un véritable nid d'aigle : le château de Calmont-d'Olt.

Peu avant les premières maisons d'Espalion, l'une des plus belles églises romanes du Rouergue se profile à l'horizon : **l'église de Perse**.

Véritable chef-d'œuvre de l'art roman, ses murs de grès rose portent une très longue histoire. En effet, la tradition raconte que cette église fut édifiée près du lieu où saint Hilarian fut décapité par les Sarrasins (entre 725 et 730).

L'église actuelle est datée des XIe (chœur et absidiale droite) et XIIe siècles. La façade sud (entrée principale) est tout à fait remarquable. Le tympan s'apparente à celui de Conques : représentation de la Pentecôte en haut, de l'Apocalypse et du Jugement dernier, au-dessous. D'autres sculptures, très travaillées, fleurissent sur ses murs (dont l'une représenterait Charles Martel !).

À l'intérieur, les chapiteaux sont tout aussi extraordinaires : scènes de chasse, de

Chapiteau historié.

Anciennes tanneries sur le Lot.

combat, animaux mythiques... Les mots sont trop fades pour traduire une telle beauté. Les pèlerins de Compostelle eurent tout le loisir d'y faire leur instruction religieuse (n'oublions jamais le rôle éducatif des statues, sculptures, vitraux ou chapiteaux).

Dès l'an 1060, Hugues de Calmont fit don du monastère existant à l'abbaye de Conques. Devenu prieuré par la suite, il assura l'accueil des nombreux pèlerins de passage.

Espalion

Le contraste est saisissant entre la quiétude divine de l'église de Perse et l'animation des faubourgs d'Espalion. Par la rue de la Grave et les anciennes tanneries, les « calquières », on débouche sur le monument le plus célèbre de la cité : le pont Vieux.

Rarement un édifice aura si bien porté son nom : les traces les plus anciennes de sa construction remontent en effet au XIe siècle. Le superbe « pont Vieux » d'aujourd'hui a été édifié au XIIIe siècle, sous Saint Louis (1226-1270).

Du pont Neuf (réalisé en 1840), la vue des eaux du Lot se mirant sous les arches du pont Vieux, les vénérables pierres du « Vieux Palais » se dessinant en toile de fond, est l'un des spectacles préférés des visiteurs... et des pèlerins.

Un proverbe fait d'Espalion « le premier sourire du Midi »... représentation tout à fait méritée : nous l'avons vérifiée au hasard des étals du marché et des commerces des rues piétonnes.

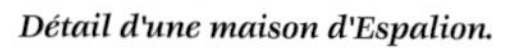

Détail d'une maison d'Espalion.

Le temps d'un pique-nique, à l'issue de cette aimable flânerie, et bientôt le chemin nous mène à un autre édifice prestigieux : l'église Saint-Pierre de Bessuéjouls. À trois kilomètres d'Espalion, au pied d'une colline boisée, perdue en pleine nature, cette église surprend tout d'abord par ses proportions.

C'est un édifice gothique en pierre rose du XVIe siècle. Son clocher-peigne est bien plus ancien (XIe siècle) et a été conservé, lors de la construction. Ce clocher abrite un véritable trésor : une chapelle haute située au premier étage. Pour y accéder, il faut prendre un escalier très étroit, aux marches usées par les ans... et les pèlerins.

Nul doute que ces derniers furent nombreux à se recueillir devant l'autel, merveille de l'art roman : arcs trilobés, reflet de l'influence mozarabe (que l'on retrouvera à Conques) ; admirables sculptures sur les côtés, représentant d'une part saint Michel terrassant le dragon, de l'autre, l'archange Gabriel.

Les chapiteaux de cette petite chapelle engendrent le même enthousiasme. S'inspirant de ceux de Conques, ils offrent de surcroît l'avantage de se voir... et « se lire » à hauteur d'homme (et de femme, bien entendu).

L'ascension de la colline dominant l'église nous remettra bien vite « les pieds sur terre ». De tout le GR, c'est l'une des pentes les plus raides qu'il nous aura fallu gravir... sous un soleil de plomb.

Après avoir traversé les paisibles hameaux du Griffoul, de Beauregard, et des Verrières, nous atteignons enfin la cité d'Estaing, dominée par son imposant château.

Estaing

On y accède par un pont édifié en 1520, où l'on remarque une très belle croix en fer forgé, largement reproduite en bijouterie ainsi qu'une statue du cardinal-comte François d'Estaing. Au sortir du pont, la rue portant le nom de ce grand personnage nous mène au cœur des ruelles médiévales... d'Estaing. Il faut savoir que ce patronyme figure dans des textes d'archives dès l'an 890. Le site fortifié protégeant l'entrée des gorges du Lot était d'une importance capitale

Arrivée de pèlerins à Estaing (Aveyron).

Église Saint-Pierre de Bessuéjouls. Chapiteau des sirènes.

Estaing. Église Saint-Fleuret. Statue de saint Jacques.

Entrée de l'Hospitalité Saint-Jacques.

au Moyen Âge. Les seigneurs d'Estaing l'avaient si bien compris qu'ils en firent l'une des douze baronnies du Rouergue.

Si le château édifié par les diverses générations de la famille d'Estaing ne se visite pas, il est un autre monument qu'il faut absolument découvrir : **l'église Saint-Fleuret**.

Cette église gothique a été construite au XVe siècle, sur les vestiges d'un prieuré roman du XIe siècle. De sa très longue histoire, il nous reste plusieurs témoignages :

La croix du parvis

Datée du XVe siècle, elle décrit en quelques scènes, ciselées dans la pierre, une véritable leçon d'instruction religieuse et, au pied de la croix, « Marie-Madeleine et un pèlerin », au chapeau à large bord, dont le costume rappelle le souvenir des Jacquets de passage.

La chapelle Saint-Fleuret

Croulant sous une profusion d'ors, à l'intérieur de l'église, caractéristiques du baroque, cette chapelle intérieure est entièrement consacrée au saint patron d'Estaing, largement représenté sur un buste d'évêque, un tableau et une statue. Une petite niche abrite le reliquaire de saint Fleuret, dû à l'initiative de monseigneur Bourret, évêque de Rodez, en 1880.

Le pont, le château, l'église... le très riche patrimoine d'Estaing se lit enfin dans les ruelles aux maisons Renaissance (ainsi, celle abritant la mairie et l'office de tourisme).

Pour vous remettre de vos émotions, vous ferez halte, le soir, au gîte d'étape communal ou à celui proposé par une famille qui se consacre entièrement à l'accueil des pèlerins de Compostelle : l'Hospitalité Saint-Jacques.

DIXIÈME ÉTAPE
ESTAING - GOLINHAC
(16 KILOMÈTRES)

Entre Estaing et Conques, cités médiévales au patrimoine fabu leux, le GR 65 peut s'effectuer en deux étapes, au cours tranquille.

La première nous mène tout d'abord sur la rive gauche du Lot, sitôt franchi le pont d'Estaing. Surprise désagréable : l'eau vive du fleuve s'est transformée en un cloaque saumâtre. Une pancarte EDF nous livre les clés du mystère : « Barrage de Golinhac ». Comme la rivière meurtrie par le béton, le bitume du chemin de halage doit être, sans doute, attribué au « progrès » !

Nous retrouvons les paisibles paysages du Rouergue, peu après le hameau de La Rouquette. À travers bois et forêts, nous cheminons jusqu'au bourg de Golinhac. Perché sur un promontoire dominant les gorges du Lot, Golinhac a gardé la mémoire du passage des Jacquets : à l'entrée du village, une croix du XVe siècle porte trois coquilles et un petit pèlerin tenant son bourdon.

L'église paroissiale, dédiée à saint Martin, conserve les assises romanes de l'ancien prieuré qui dépendait de Conques, au XIe siècle. Son autel, classé, est formé d'une simple pierre ouvragée, dont on affirme qu'elle était, aux temps anciens, une « pierre de sacrifices ».

Les gorges du Lot au sortir d'Estaing.

Après un copieux dîner au gîte (très confortable) du camping municipal, nous irons faire notre digestion au « Puech de Regault » (altitude 684 mètres). Aux portes de Golinhac, cette « colline du Regard » offre une vue magnifique (surtout au coucher du soleil) sur la vallée du Lot, les monts d'Aubrac et d'Auvergne (dont le Plomb du Cantal). En 1948, y a été érigé un oratoire consacré à Notre-Dame... des Hauteurs !

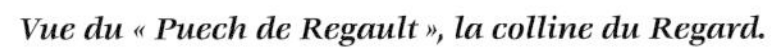

Vue du « Puech de Regault », la colline du Regard.

La fête de saint Fleuret

La tradition rapporte que saint Fleuret, évêque de Clermont, est mort à Estaing, au VIIe siècle, après avoir réalisé de nombreux miracles. Saint Fleuret... saint Flour... les deux saints auvergnats se sont identifiés dans la mémoire collective. Depuis le XIVe siècle, la fête de saint Fleuret est célébrée avec faste dans la ville d'Estaing, le premier dimanche de juillet. La procession « légendaire » à travers les rues est le clou de la fête. Elle se déroule selon un rite immuable, très réglementé. Près de deux cents participants, en costumes d'époque, représentent les membres de la famille d'Estaing et du clergé... et l'on y voit des figurants habillés en Jacquets, avec tous les attributs : pèlerine et grand chapeau, gourde et bourdon. La fête de saint Fleuret est célèbre dans le Rouergue et l'Auvergne (et même au-delà).

« Le Rouergue, belle région vallonnée, ondulée, couverte de riches prairies... »

Brumes automnales sur le vallon de l'Ouche.

ONZIÈME ÉTAPE
GOLINHAC - CONQUES
(25 KILOMÈTRES)

C'est le grand jour !

Aujourd'hui, s'inscrit en lettres d'or la célèbre abbaye, dont le seul nom résonne avec éclat dans la vallée du Dourdou, depuis plus de mille ans : Conques.

La fin de notre pérégrination donne lieu curieusement à une joie profonde mêlée de tristesse... nous ne voulons plus quitter le chemin de Saint-Jacques... Ultreïa ! Allons à Santiago !

Et puis, la raison finit toujours par l'emporter. Prenons une dernière fois le chemin de l'Étoile et rejoignons la merveille du Rouergue, dont Daniel Rops disait qu'on *connaît peu d'endroits qui parlent davantage à l'esprit et au cœur.*

La région est très belle, vallonnée, ondulée, couverte de riches prairies et parsemée de forêts où dominent le hêtre et le châtaignier. Les maisons de pierre blanche et de lauzes respirent l'opulence. Tout ce pays semble n'être qu'harmonie. Harmonie des couleurs, harmonie des formes, équilibre entre les cultures et les bois. Pourquoi les habitants le quittent-

ils ? Un vieux paysan, avec lequel j'ai devisé quelques minutes, me confiera d'un air mi-moqueur, mi-blasé : « De nos jours, la terre, avec les outils agricoles modernes, n'a jamais été aussi bien travaillée. Et pourtant, elle n'a jamais aussi mal nourri son homme... »

(« Il est un beau voyage semé d'épines et d'étoiles », page 143 - Jacques Clouteau).

Accompagné de son âne Ferdinand, l'écrivain-voyageur, Jacques, a fait le pèlerinage de Compostelle, du Puy à Santiago, en 1993. De sa narration captivante (où l'humour voisine avec bonheur), les quelques lignes citées résument très bien l'impression ressentie tout au long des vingt-cinq kilomètres séparant Golinhac de Conques. En effet, la campagne du Rouergue subit un terrible exode rural.

Le GR traverse successivement les villages de Campagnac, Espérac, Sénergues, avant d'atteindre le hameau de Saint-Marcel, sur le plateau dominant Conques.

Dernière pause, ultimes moments de recueillement. Un habitant du village nous invite, avec un large sourire, à déguster l'eau fraîche de la fontaine. Ce n'est pas de refus : la marche s'est déroulée sous une véritable canicule. Plaisir intense de l'eau bienfaisante, vivifiante ; voilà, nous sommes prêts. Derniers hectomètres de bitume et nous entamons la descente sur Conques, en suivant le « chemin du chapitre » (ainsi dénommé depuis la sécularisation de l'abbaye en 1424).

Nous voici revenus au Moyen Âge : l'étroit et profond sentier a gardé ses antiques pavés et ses murets de pierres sèches. C'est un véritable tunnel de verdure qui nous mène aux premières maisons de la cité. Quel bonheur de mettre ses pas dans ceux des Jacquets du temps jadis !

Au sortir du chemin du chapitre, la fontaine de Fumouze accueillait autrefois le pèlerin. À ce sujet, il faut insister sur le rôle capital de l'eau dans l'histoire de Conques. C'est parce qu'il y avait des sources abondantes que le moine Dadon est venu s'établir au VIIIe siècle en « ce lieu désert, asile des bêtes fauves ».

Au cœur de la vallée du Dourdou, l'abbatiale apparaît en majesté, surplombant des logis aux toits de lauze... beauté... harmonie... sérénité... La ruelle Émile-Roudiès, aux demeures médiévales à colombages, nous conduit ensuite au centre de Conques. Encore quelques marches et nous voici face à la merveille des merveilles : le tympan de l'abbatiale Sainte-Foy.

C'est au soleil couchant qu'il se dévoile en pleine lumière : les couleurs polychromes (bleu pour le

Conques (Aveyron).
« L'abbatiale apparaît en majesté... »

Ruelle médiévale.

ciel, rouge pour l'enfer) complètent les portraits saisissants des acteurs du « jugement dernier ».

Pour comprendre toute la richesse de ce chef-d'œuvre de la sculpture romane du XIIe siècle, il faut le « lire », sur la pierre, à l'aide d'un guide ou brochure détaillant les scènes. Tous les pèlerins vous le diront : on vient et l'on revient contempler ce fameux tympan.

Entrons maintenant à l'intérieur de l'abbatiale Sainte-Foy. Le plan est celui d'une église dite « de pèlerinage » : vaste nef au plafond élevé (22 mètres), larges transepts collatéraux, facilitant le passage des pèlerins, chœur à déambulatoire entouré de chapelles rayonnantes.

Dans ce chœur était exposée la célébrissime statue-reliquaire de sainte Foy, aujourd'hui visible au trésor. Il faut bien comprendre que l'église actuelle a été conçue et bâtie comme « une grandiose enveloppe » autour des reliques de sainte Foy. Commencée vers 1030, sous l'abbatiat d'Odolric, la construction s'achèvera vers 1120 (abbatiat de Boniface).

Du XIe au XIIIe siècle, l'abbaye de Conques connaît une prospérité extraordinaire. C'est une étape obligée des chemins de Compostelle. Les Jacquets s'y pressent par milliers, comme le décrit si bien le « Livre des miracles de sainte Foy » :

Les pèlerins, arrivés dans la basilique, adressèrent à Dieu leurs remerciements, et prosternés aux pieds de la glorieuse sainte, lui offrirent les présents d'usage. Puis ils se rendirent à l'hôtellerie. Et lorsque la nuit fut venue, ils se dirigèrent, munis de flambeaux, vers l'église pour y célébrer la pieuse veille devant la sainte... Pendant ce temps, les clercs et les hommes lettrés chantent les psaumes et les offices de la vigile...

Après le temps des offices, vient celui des réjouissances : acrobates, jongleurs, troubadours, musiciens rivalisent d'adresse sur le parvis de l'église. Les chapiteaux de l'abbatiale et du cloître décrivent ainsi des scènes de la vie quotidienne : des

Conques. Cloître de l'abbaye. Chapiteau des chevaliers.

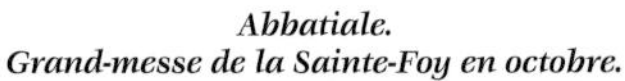

Abbatiale. Grand-messe de la Sainte-Foy en octobre.

Le trésor de Conques

C'est le trésor médiéval le plus riche d'Europe qui est exposé, de nos jours, à Conques.
Sa présentation actuelle a été définie en 1955, année où les scientifiques de l'époque ont « ausculté » son bien le plus précieux : la « Majesté de sainte Foy », statue-reliquaire qui fait l'objet de la vénération de foules de pèlerins depuis plus de mille ans.
La statue en bois d'if et son premier revêtement d'or ont été sculptés entre 850 et 985. Au cours des siècles suivants, elle s'est enrichie d'une multitude de pierres précieuses, dons des pèlerins, qui en font une œuvre unique (et inestimable). Autrefois, on mettait des fleurs dans les deux petits tubes que la sainte tient entre ses doigts. Il serait vain de prétendre décrire, en quelques lignes, l'ensemble des pièces présentées dans le trésor de Conques. Il faut prendre tout son temps pour le visiter et dévorer (des yeux) des joyaux tels que :
- *le A dit de Charlemagne (IXe siècle)*
- *le reliquaire de Pépin (IXe, Xe, XIe siècle)*
- *l'autel portatif, dit de Sainte-Foy (fin du XIe)*
- *la lanterne de Bégon III.*

acrobates en plein effort, un montreur de singe etc.

Mais l'heure est venue de reprendre le chemin : Ultreïa ! Toujours plus avant... Compostelle n'est plus qu'à... 1 400 kilomètres ! Les Jacquets n'y prêtaient guère attention, la marche quotidienne suffisant à leur peine.

Par la rue Charlemagne et la porte du Barry, ils rejoignaient (comme nous aujourd'hui) le vieux pont « romain » enjambant le Dourdou. Ils adressaient ensuite un ultime adieu à Conques, près de la chapelle Sainte-Foy nichée dans la montagne : *Les pèlerins se prosternèrent à genoux, adressant un dernier salut affectueux à la glorieuse martyre. En se relevant, ils tracèrent le signe victorieux de la Croix sur leur front et sur leur cœur, et ils se remirent en marche...*

Maarten et Amy, deux jeunes pèlerins flamands à la fin de leur périple.

La Majesté de sainte Foy, un des trésors de la chrétienté.

Les reliques de sainte Foy

« Les Bourguignons et les Teutons qui vont à Saint-Jacques par la route du Puy doivent vénérer les reliques de sainte Foy, vierge et martyre, dont l'âme très sainte, après que les bourreaux lui eurent tranché la tête sur la montagne de la ville d'Agen, fut emportée au ciel par les chœurs des Anges... » Le célèbre « Guide du pèlerin » d'Aimery Picaud, d'où sont extraites ces lignes, passe totalement sous silence l'épisode suivant : le vol des reliques de sainte Foy.

Martyrisée à Agen, vers 303, sainte Foy acquit une immense réputation au cours des siècles suivants. Ses reliques étaient jalousement gardées par les moines de la localité. Au IXe siècle, un moine de Conques, Avarisius, les tenait en une telle vénération... qu'il résolut de s'en emparer !
Ayant réussi à se faire admettre dans la communauté des moines d'Agen, il fit preuve de tant de foi et de zèle, qu'on lui confia la garde du reliquaire. Vers 866, Avarisius s'empare des précieuses reliques et les transporte à Conques.
La sainte ne lui tint pas rigueur si l'on se fie à la tradition assurant que les miracles se multiplièrent, en son nouveau sanctuaire. C'est pourquoi on parle désormais de la « translation furtive » de sainte Foy.

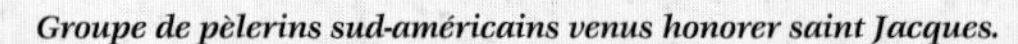

Groupe de pèlerins sud-américains venus honorer saint Jacques.

Signe du passage de pèlerins nordiques en 1993.

LE CHEMIN DE SAINT-JACQUES, PAR LE GR 65, DE CONQUES À OSTABAT

Le propos de cet ouvrage n'est point de décrire toutes les richesses des chemins de Saint-Jacques en France, vous l'avez bien compris. Mais, à l'image de la relation de la pérégrination du Puy-en-Velay à Conques, de vous donner envie d'en savoir plus... et de partir sur les sentiers.

Le GR 65, de Conques à Ostabat, suit, aussi fidèlement que possible, les antiques voies empruntées par les Jacquets. Deux topo-guides (édités par le FFRP) en détaillent le parcours :

- l'un, de Conques à Cahors (Réf : 617)
- l'autre, de Cahors à Roncevaux (Réf : 613).

C'est un véritable déchirement que de choisir et résumer en quelques lignes, la beauté et la richesse des villes et sanctuaires traversés. Avec votre indulgence, qu'il me soit donc permis de citer :

Figeac

Née au IXe siècle, par la volonté du roi d'Aquitaine Pépin Ier, l'abbaye de Figeac, sœur rivale de celle de Conques, est à l'origine d'une ville florissante au Moyen Âge.

Les pèlerins descendant du Puy y rencontraient ceux venant de Rocamadour. Figeac a gardé la mémoire des Jacquets de passage :

Conques. Procession aux flambeaux pour la Sainte-Foy en octobre.

6 octobre : la fête de sainte Foy

Chaque année, le dimanche le plus proche du 6 octobre, jour de la fête de sainte Foy, l'abbatiale de Conques est le théâtre d'une cérémonie religieuse célébrée avec éclat. C'est le seul jour de l'année où la « Majesté de sainte Foy » sort de son refuge du trésor pour être portée en procession autour de l'église et exposée ensuite au regard des fidèles, dans le chœur de l'abbatiale. D'importantes mesures de sécurité entourent la présentation de cette prestigieuse statue-reliquaire, célèbre dans tout l'Occident chrétien depuis plus d'un millénaire.

• L'abbatiale Saint-Sauveur, consacrée en 1092, possède un plan à collatéraux et déambulatoire, facilitant la circulation des pèlerins.

• L'église Notre-Dame-du-Puy, sur les hauteurs de la ville, s'appelait « Notre-Dame-la-Fleurie », à l'origine. Édifiée au XIIe siècle, elle a été profondément modifiée aux XIIIe et XIVe siècles. Dans une chapelle intérieure se trouvait le siège d'une confrérie de Saint-Jacques ; elle abritait une superbe statue de l'apôtre (exposée désormais au musée de Rocamadour).

Les pèlerins étaient accueillis dans de nombreux hôpitaux, portant les noms de « Saint-Eutrope », du « Griffoul », « Saint-Namphaise », « d'Anjou » (devenu ensuite l'hôpital Saint-Jacques).

Figeac (Lot). Église Notre-Dame-du-Puy. Statue de la Vierge.

Les toits de Figeac dominés par l'église Notre-Dame-du-Puy.

Cahors (Lot). Le diable du pont Valentré.

Figeac. Centre historique. La « Commanderie ».

Restaurées depuis quelques années, les maisons « gothiques » au centre historique de Figeac constituent un ensemble tout à fait unique (à découvrir absolument). Le « Soulelho » (grenier ouvert) était réservé au séchage des fruits, légumes et draps de laine. Le décor sculpté des façades est tout simplement fabuleux. Réalisé aux XIIe et XIIIe siècles, on y admire toutes sortes d'animaux mythiques et autres personnages barbus, etc. Le Moyen Âge se lit sur la pierre !

Cahors

L'ancienne capitale du Quercy était à l'instar de Figeac, une cité fort réputée au Moyen Âge. Ne fut-elle point au XIIIe siècle la première place bancaire d'Europe !

De sa splendeur passée, il nous reste le célèbre pont Valentré qu'empruntaient les pèlerins avant de rejoindre l'hospitalet de Saint-Jacques (du XIe siècle).

Cahors. Cloître de la cathédrale Saint-Étienne. Deux pèlerins s'affrontant...

Moissac

Avant d'entreprendre la périlleuse traversée du Tarn, les pèlerins reprenaient des forces en cette cité, étape essentielle du chemin de Saint-Jacques.

C'est en 1047, que saint Odilon, abbé de Cluny, de passage dans la région, unit l'abbaye de Moissac à celle de Cluny. Dès lors, Moissac va connaître une immense prospérité, créant de nombreux prieurés... jusqu'en Catalogne !

Comme les pèlerins de jadis, vous ne manquerez pas d'admirer deux chefs-d'œuvre de l'art roman :

• le tympan du portail sud de l'église Saint-Pierre

Exécuté entre 1100 et 1130, il illustre le thème de la vision de l'Apocalypse, d'après saint Jean : *Je vis : une porte était ouverte dans le ciel. Aussitôt je fus saisi par l'Esprit. Et*

Bas-relief de saint Jacques, cloître de l'abbaye.

Abbatiale Saint-Pierre : détail du porche.

Le Gers, un pays de riches cultures.

La plaque de consécration de l'église Saint-Pierre

L'ancienne église abbatiale possède, près du chœur, un « document » du plus grand intérêt historique : une plaque de consécration, datée de 1063. En voici le texte, traduit du latin :
« La consécration de cette église le cinq novembre s'honore d'avoir rassemblé ces évêques :
pour Auch : Ostinde,
pour Lectoure : Raymond,
pour le Comminges : Guillaume
Agen : Guillaume,
la Bigorre : le bon Héraclius, Oloron : Étienne,
Aire : Pierre,
Toulouse : Toi Durand, son protecteur et le nôtre. Foulques, fils de Simon qui fait la loi à Cahors ne fut pas souhaité. C'était 1063 ans après que Dieu eut donné au monde le vénérable enfantement virginal. Pour vous, ô Christ Dieu, le roi Clovis fonda cette maison. Après lui, Louis (le Débonnaire) la combla de ses largesses. »

voici : un trône se dressait dans le ciel et, siégeant sur le trône, quelqu'un. Une gloire nimbait le trône de reflets d'émeraude. Tout autour, vingt-quatre trônes sur lesquels siégeaient vingt-quatre Anciens vêtus de blanc portant sur leurs têtes des couronnes d'or...

• le cloître

Édifié à la fin du XIe siècle (on peut voir sa plaque de consécration datée de l'an 1100), il est considéré par les spécialistes comme l'un des plus beaux cloîtres de France. Quatre galeries d'une suprême élégance reposent sur soixante-seize arcades renforcées de piliers aux angles.

Ce cloître a été conçu comme un véritable cheminement spirituel, que l'on peut suivre sur les soixante-seize chapiteaux :

• trente chapiteaux décoratifs : fleurs, palmettes, feuilles d'acan-the...

• trente-six chapiteaux historiés : légendes de vies des saints, scènes de l'Apocalypse, épisodes de la vie du Christ...

Un livre indispensable : « *Moissac, bible ouverte* ».

Fruit de quinze années de recherches, cet ouvrage est l'œuvre du père Pierre Sirgant, prêtre à Moissac. Un travail formidable.

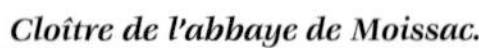

Cloître de l'abbaye de Moissac.

Cloître de Moissac.

Abbaye de Flaran (Gers). La salle capitulaire.

Abbaye de Flaran. Le cloître.

Lectoure (Gers). Vitrail. Cathédrale Saint-Gervais et Saint-Protais.

L'abbaye de Flaran

Après le passage du Tarn (par le bac), les Jacquets entraient en Gascogne par Saint-Nicolas-de-la-Grave puis Auvillar. Ils y étaient accueillis par les hospitaliers de Saint-Jean. Lectoure, dans le Gers, comptait sept hôpitaux, dont deux portant le nom de Saint-Jacques.

Le pèlerin d'aujourd'hui peut se détourner quelque peu du chemin pour se rendre à l'abbaye de Flaran. Au creux d'un tranquille vallon, cette célèbre abbaye cistercienne abrite de remarquables monuments : église romane, cloître, logis de l'abbé... et une exposition permanente consacrée au chemin de Saint-Jacques.

Par Condom, Montréal, Nogaro, Aire-sur-l'Adour... les pèlerins se rapprochaient du Pays basque, dans lequel ils entraient, en franchissant le gave d'Oloron, à Navarrenx. Ostabat et les montagnes basques se dessinaient à l'horizon.

Condom (Gers). Olivier et Stéphane, venant de Corrèze et se dirigeant vers Compostelle, se reposent dans le cloître de la cathédrale Saint-Pierre.

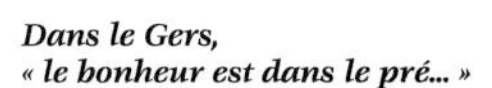

Dans le Gers, « le bonheur est dans le pré... »

La Via

Rouen (Seine-Maritime). Rue du Gros-Horloge.

Turonensis
de Tours à Ostabat

Le « Guide du pèlerin » (XIIe siècle) comme les « Itinéraires de Bruges » (XIVe siècle) citent Tours, comme point de départ de l'un des quatre grands chemins de Saint-Jacques, la « Via Turonensis ».

En consultant la carte de l'Europe, on constate qu'elle accueillait sur ses chemins des pèlerins en provenance de nombreux pays :

L'Angleterre

Débarquant à Dieppe (église Saint-Jacques, XIIe-XIVe siècle), les Jacquets des îles Britanniques se dirigeaient sur Rouen, avant de rejoindre Tours par Elbeuf, Dreux et Chartres.

L'Europe du Nord

Les pèlerins des pays baltes et scandinaves, de Flandre et de Hollande mettaient d'abord le cap sur Paris, capitale prestigieuse du royaume de France, étape majeure à l'aller et au retour.

De Paris à Tours

À Paris, « l'hôpital Saint-Jacques aux pèlerins », rue Saint-Denis, s'avérait une halte très réputée. Se recueillant à l'église... Saint-Jacques (de la Boucherie), ils quittaient Paris par la rue... Saint-Jacques, avec les encouragements de la confrérie... Saint-Jacques (très active, du XIIIe au XVIIIe siècle).

Statue de saint Jacques. Abbaye de Sherborne (Grande-Bretagne).

Rouen. Place du Vieux-Marché.

Rouen. Voûte du Gros-Horloge représentant saint Jean-Baptiste.

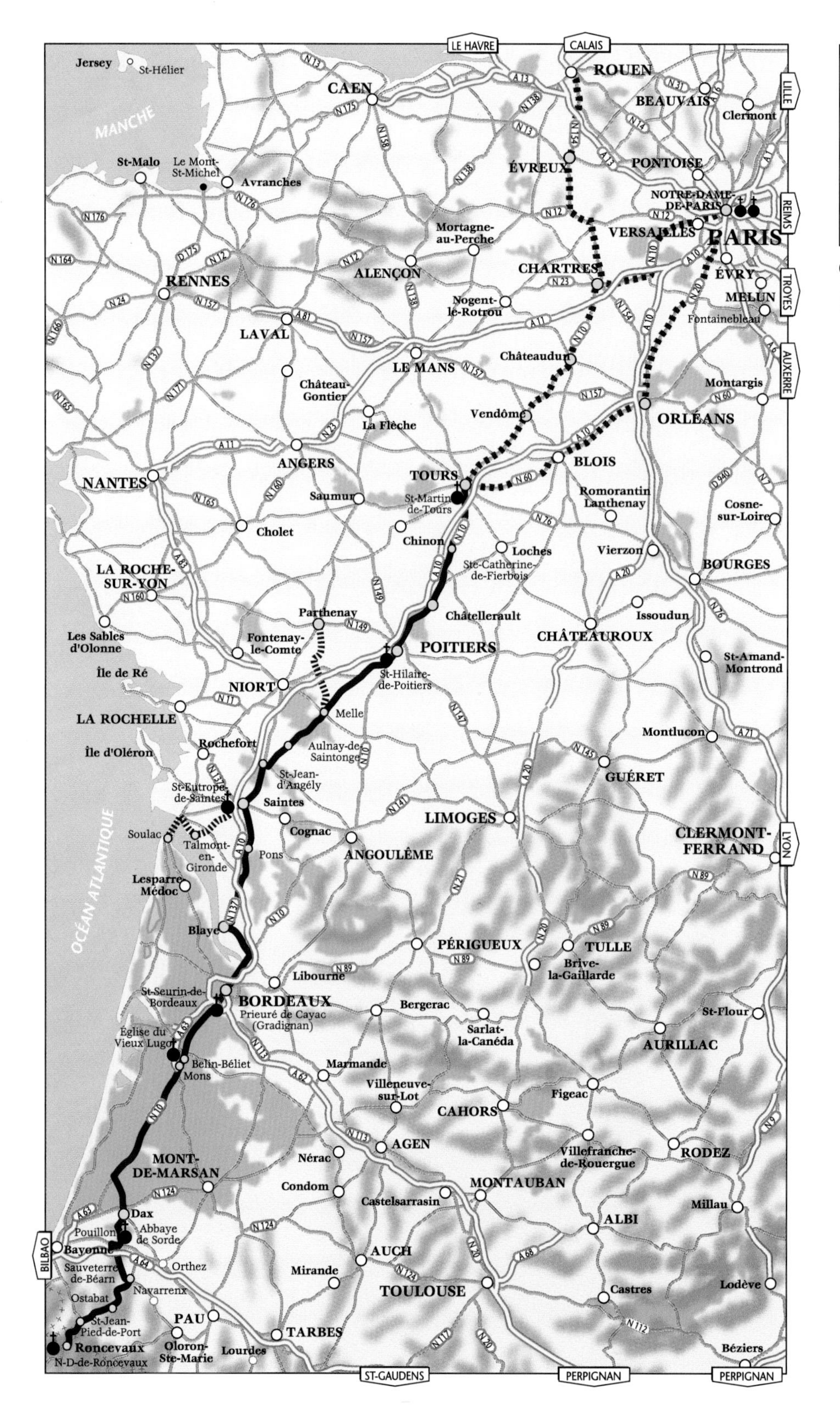

Sanctuaires importants

Principales étapes

Principaux chemins traditionnels

Autres chemins traditionnels

Autres chemins

0 50 100km

Cartographie ACTUAL - 03 25 71 20 20
Reproduction interdite sauf autorisation - 02/97

N NE E SE S SO O NO

Tours (Indre-et-Loire) : maison, rue du Change.

Tours : basilique Saint-Martin.

De Paris à Tours, deux voies se sont précisées au fil du temps : l'une par Orléans, l'autre par Chartres et la vallée du Loir.

De Tours à Poitiers

On doit rendre visite, sur les bords de la Loire, au vénérable corps de saint Martin évêque et confesseur. C'est là qu'il est, lui qui ressuscita glorieusement trois morts et rendit à la santé qu'ils souhaitaient, lépreux, énergumènes, infirmes, lunatiques et démoniaques ainsi que d'autres malades...
(« Guide du pèlerin », page 61).

Durant tout le haut Moyen Âge, du VIe au Xe siècle, le tombeau de saint Martin verra affluer les pèlerins de toute l'Europe, des plus humbles aux plus puissants rois et seigneurs : Clovis et sainte Clotilde, Charles Martel, Pépin le Bref, Charlemagne, tous les rois carolingiens.

Brûlée par les Normands au Xe siècle, la basilique Saint-Martin est reconstruite aux environs de l'an mille.

De cet édifice, point de départ de la Via Turonensis, il ne subsiste, de nos jours, que les deux tours dites « de l'Horloge » et de « Charlemagne ». La basilique actuelle a été édifiée au XIXe siècle, de 1885 à 1902 et abrite dans sa crypte le tombeau du « treizième apôtre ».

Dans cette cité au pèlerinage si réputé, les Jacquets trouvaient le gîte et le couvert dans de nombreux hôpitaux et autres « maisons-Dieu ».

Sur l'île Saint-Jacques, la chapelle « Saint-Jacques » (début XIIIe) assurait les offices religieux.

Après avoir vénéré les reliques de saint Martin,

Tours : saint Jacques en haut de la cathédrale Saint-Gatien.

Poitiers (Vienne). Tombeau de saint Hilaire.

Saint Hilaire « le Grand »

Né à Poitiers vers 310-320, Hilaire était le fils d'un sénateur de l'Empire romain. Évêque de Poitiers en 350, il se fait remarquer par ses qualités de pasteur.
Artisan de l'unité entre les évêques de Gaule, il est aussi le conseiller du futur saint Martin qu'il installe à Ligugé. Sa renommée est immense à sa mort en 368. Son tombeau devient le but d'un pèlerinage très fréquenté.

les pèlerins prenaient le chemin de Saint-Avertin avant de se diriger résolument vers le tombeau de saint Hilaire à Poitiers. La voie passait par Sainte-Catherine-de-Fierbois (aumônerie très importante fondée par Jean Le Meingre, dit Boucicaut, en 1415, spécialement pour les Jacquets), puis Sainte-Maure-de-Touraine, Ingrandes et Châtellerault (l'église Saint-Jacques conserve une superbe statue de l'apôtre).

Le chemin de Saint-Jacques en pays poitevin

L'auteur du « Guide du pèlerin » invite les Jacquets à se recueillir, à Poitiers, sur la tombe de saint Hilaire *où reposent ses vénérables et très saints ossements, décoré à profusion d'or, d'argent et de pierres précieuses ; sa grande et belle basilique est favorisée par de fréquents miracles...*
(« Guide du pèlerin », page 63).

La « grande et belle basilique » en question existe toujours et mérite une visite approfondie.

Au cœur de Poitiers, l'histoire de l'église Saint-Hilaire remonte en fait aux origines du christianisme en Poitou. Une première église fut bâtie au IVe siècle pour recevoir la sépulture de saint Hilaire. Lui succéda une « basilique » qui reçut la visite de Clovis, roi des Francs en 507. Elle fut incendiée par les troupes d'Abd al-Rahman, avant leur défaite par Charles Martel (733) puis par les Normands (863).

L'église actuelle, œuvre de Gauthier Coorland, fut consacrée en 1049. En 1074, soixante chanoines dépendant directement de Rome y officiaient. Pillée lors des guerres de Religion (1562), devenue carrière de pierre à la Révolution, elle a été restaurée au XIXe siècle.

L'église Saint-Hilaire est surtout connue pour la beauté de son architecture romane. L'intérieur offre une magnifique perspective de piliers et d'agencement de voûtes. Dans la nef, des fresques du XIe siècle représentent des évêques de Poitiers, dont saint Hilaire.

D'autres fresques illustrant des vies de saints (dont saint Martin) se découvrent dans les absidioles (autour du chœur). Les chapiteaux des piliers de la nef et du chœur sont tout aussi remarquables. Datés du XIe siècle, ils décrivent, entre autres, des scènes de l'Ancien Testament, de la vie de saint Hilaire etc. Une fête pour les yeux ! Aujourd'hui encore, la crypte romane garde les reliques du saint.

Le tombeau de saint Hilaire n'était pas le seul lieu de vénération des pèlerins. Ceux-ci se ren-

Aulnay-de-Saintonge (Charente-Maritime). Église Saint-Pierre.

daient également sur la tombe de sainte Radegonde, en l'église du même nom.

Fondée vers 560 comme chapelle funéraire par la reine Radegonde qui y est inhumée, l'édifice fut reconstruit à la fin du XIe siècle. La crypte abrite toujours le tombeau de sainte Radegonde.

De nombreux hospices et aumôneries dépendant des grandes abbayes poitevines assuraient l'accueil matériel et spirituel des Jacquets. Après avoir repris des forces, ces derniers s'en allaient vers un autre sanctuaire célèbre : Saint-Jean-d'Angély.

Le « chemin des pèlerins » passait tout d'abord près de l'abbaye cistercienne de Fontaine-le-Comte, fondée vers 1140. Puis il atteignait Lusignan, « cité de la fée Mélusine » et fief des puissants seigneurs... de Lusignan (rois de Chypre, de Jérusalem et d'Arménie !). Plusieurs ordres religieux y établirent des hôpitaux. De cette époque date l'église Notre-Dame et Saint-Julien, joyau du XIe-XIIe siècle.

Le « chemin chaussé des pérégrins » s'en allait ensuite par Chey et Chenay rejoindre la châtellenie de Melle. Bien des Jacquets ont fait halte en cette cité médiévale réputée, où on peut admirer les deux églises romanes de Saint-Hilaire et Saint-Pierre.

Poitiers. La mort de saint Hilaire. Chapiteau de l'église.

L'exceptionnel patrimoine de Poitiers

En cette région de Poitou-Charentes où les églises romanes rivalisent de beauté, Poitiers se veut à juste titre, la « capitale » de l'art roman. Entre autres merveilles, vous ne manquerez point de visiter :

- *L'église Notre-Dame-la-Grande (XIIe siècle), l'un des plus beaux exemples de l'art roman poitevin. Sa façade (restaurée récemment) force l'admiration par la richesse de ses sculptures.*
- *Le baptistère Saint-Jean (IVe siècle). Ce serait l'édifice chrétien le plus ancien de France.*
- *La cathédrale Saint-Pierre.*
- *Le palais de justice. C'est l'ancien palais des comtes du Poitou et ducs d'Aquitaine (salle du roi, du XIIe siècle).*

L'art roman en Saintonge

Les églises romanes de Saintonge étaient des étapes sur les chemins de Saint-Jacques-de-Compostelle. Les pèlerins y dormaient, y mangeaient et y traitaient leurs affaires. À la foule des croyants se mêlaient marchands, baladins et acrobates. On les retrouve sculptés dans la pierre, mêlés aux plus fantastiques sujets de légende, sirènes, dragons et chimères de l'Antiquité. Renseignements : Pays d'accueil de Saintonge Romane : Villa Musso, B.P. 142, 62, cours National 17115 Saintes Cedex.

Aulnay-de-Saintonge. Détail du portail central.

Puis le « grand chemin de Saint-Jacques » (*magno itineri sancti Jacobi*, dans les textes du XIVe siècle), se dirigeait vers Aulnay-de-Saintonge, en passant par le pont et « l'enfermerie » de Charzay.

LE CHEMIN DE SAINT-JACQUES EN SAINTONGE

« Aulnay-de-Saintonge » ou « Aulnay-de-Poitou » ?

En effet, la petite ville d'Aulnay, que l'on situe en Saintonge aujourd'hui, était au Moyen Âge le siège de la « vicomté d'Aunay », dépendant des comtes du Poitou.

Laissons de côté cette petite querelle historique pour nous pencher, sans plus tarder, sur sa merveille : l'église romane. On remarque qu'elle a été édifiée en dehors des murs de la cité, tout près du « grand chemin ». Considérée, à juste titre, comme l'une des plus belles églises romanes de toute la région, il faut prendre son temps pour en découvrir toutes les richesses :

• L'élégance et la finesse de la construction. Du cimetière jouxtant l'église, la vue sur le chevet permet d'en saisir toute l'harmonie.

• Les sculptures du portail sud et des chapiteaux intérieurs. Le décor sculpté de cette église est tout à fait exceptionnel :

Le portail sud

Il illustre admirablement le fameux « sermon saintongeais ». N'oublions pas que la sculpture décorative était aussi prétexte à enseignement. *Sur les voussures du portail, elle développe quatre thèmes, qui s'enchaînent logiquement, et apporte une réponse à l'éternelle question de la destinée humaine : le séjour terrestre est évoqué par le zodiaque, les travaux des champs, des scènes de la vie quotidienne ; ce séjour a une fin, parfois illustrée par les vieillards de l'Apocalypse et il convient de s'y préparer ; la parabole des vierges folles et des vierges sages traduit cette idée. Que faut-il donc faire ? La réponse est donnée dans le combat des vices et des vertus. Ceux qui feront triompher la vertu connaîtront la vie éternelle et, pour toujours, seront aux côtés de l'Agneau.*

« L'âne qui joue du luth » rappelle la place importante du « Baudet du Poitou » dans la vie quotidienne... et le pèlerinage de Compostelle : ainsi procédaient certains Jacquets (plus fortunés), transportant leurs bagages sur ces baudets loués en Poitou (à l'hôtel de Fontarabie à Fontenay-le-Comte, par exemple).

Les chapiteaux, à l'intérieur de l'église

Il m'a rarement été donné de contempler des sculptures aussi expressives.

D'« Aunay », le pèlerin se rendait ensuite à **Saint-Jean-d'Angély**. Sur les rives de la Boutonne, une abbaye fut fondée en 817, par Pépin, duc d'Aquitaine, quand il reçut un crâne apporté d'Orient et présenté comme celui de saint Jean-Baptiste. Elle fut pillée à plusieurs reprises par les Vikings.

Aulnay-de-Saintonge.
« Un décor exceptionnel... »

La fameuse relique qui avait été cachée fut retrouvée en 1010. Exposée dans la basilique construite tout exprès, elle attira les foules de fidèles. Grâce aux dons et offrandes de pèlerins, l'abbaye de Saint-Jean-d'Angély devint l'une des plus puissantes abbayes de toute la région.

La guerre de Cent Ans puis les guerres de Religion lui portèrent un coup fatal : pillée en 1562, elle fut détruite en 1568 et la relique disparut dans les flammes. Dès lors, les Jacquets évitèrent Saint-Jean-d'Angély.

Saintes (Charente-Maritime). Crypte et tombeau de saint Eutrope.

La grande abbaye royale est aujourd'hui un centre culturel abritant notamment le « Centre de culture européenne Saint-Jacques-de-Compostelle ».

Le centre historique de la ville a gardé la mémoire des heures glorieuses du pèlerinage : ainsi, les rues de l'Aumônerie et de l'Abbaye, la tour de l'Horloge (1406), etc.

Quittant Saint-Jean-d'Angély, les Jacquets prenaient ensuite le grand chemin vers Saintes, capitale de la Saintonge, pour y vénérer le tombeau de saint Eutrope.

Saintes (Charente-Maritime). Chapiteau de l'église Saint-Eutrope. Femmes-sirènes.

Saintes

Dans son ouvrage, si utile aux Jacquets, Aimery Picaud consacre plusieurs pages à la vie et l'œuvre de saint Eutrope. Saintes a été en effet une étape majeure pour les pèlerins de Compostelle durant plusieurs siècles, non seulement pour ceux qui suivaient le « grand chemin », depuis Tours, mais aussi pour les Jacquets d'Irlande, d'Angleterre ou de Bretagne, qui s'y rendaient directement, par voie de terre ou de mer.

Aujourd'hui encore, vous pouvez admirer deux monuments prestigieux rappelant cette glorieuse époque :

• L'église Saint-Eutrope

À l'image des grands sanctuaires de pèlerinage, Saint-Eutrope se distingue par ses vastes proportions d'église à déambulatoire. Il ne faut surtout pas manquer la crypte aux voûtes majestueuses, abritant le tombeau de saint Eutrope.

Signe évident de l'importance de cette église : c'est le pape lui-même, Urbain II qui la consacra, lors de son voyage en France en 1096. Ses pressantes recommandations puis celles du pape Calixe II, en faveur du culte de saint Eutrope, seront à l'origine d'une floraison de chapelles et d'églises dédiées en son honneur.

• L'abbaye aux Dames

Elle a été fondée en 1047, par Geoffroy Martel et sa femme Agnès de Bourgogne. Comme l'abbaye Saint-Eutrope, au sud de Saintes ou le prieuré de Saint-Vivien au nord, cette abbaye assurait le gîte et le couvert aux pèlerins de passage. De l'abbatiale originelle, subsiste l'église Notre-Dame, chef-d'œuvre de l'art roman (XIe-XIIe siècle) avec sa façade sculptée et son clocher en pomme de pin.

Véritable carrefour, Saintes offrait ensuite le choix entre deux chemins (anciennes voies romaines) aux pèlerins descendant sur l'Aquitaine et les Landes :

• Par Talmont

En prenant cette voie, les pèlerins parvenaient au bord de la

Gironde qu'ils traversaient en prenant un bac... ô combien dangereux ! (Les passeurs de Soulac et de Talais se disputaient, à coup de rixes sanglantes, le passage des pèlerins.) Le fleuve franchi, ils se rendaient à Soulac sur le tombeau de sainte Véronique.

- Par Pons

Perché sur la colline dominant la Seugne, le château des seigneurs de Pons assurait au Moyen Âge la protection de la cité, étape appréciée des Jacquets. Au-delà des remparts, ils étaient accueillis dans un hôpital dont il nous reste un ensemble très bien conservé : l'église et l'hôpital séparés par une voûte sous laquelle passait le chemin... comme on peut encore le constater aujourd'hui.

Puis par Belluire (église Saint-Jacques XIIe-XIIIe siècle), l'abbaye de Pleine-Selve, Saint-Martin-Lacaussade, les pèlerins rejoignaient l'un des sanctuaires les plus réputés d'Aquitaine : la basilique Saint-Romain à Blaye.

« Le chemin de Tours » en Aquitaine

Blaye

De nos jours, quand on visite la charmante cité de Blaye, on a du mal à imaginer qu'au Moyen Âge, s'y trouvait un sanctuaire, consacré à saint Romain, aussi célèbre (et fréquenté) que celui de saint Seurin à Bordeaux.

Sur les tombeaux de saint Romain et du preux chevalier Roland, la basilique de Blaye vit passer des foules de pèlerins durant des siècles. En 1526, le roi de France, François Ier, serait même venu, en personne, se faire ouvrir le sarcophage et prier sur les restes du compagnon de Charlemagne.

La basilique disparut à l'époque de la construction de la citadelle, en 1676. Des vestiges de la crypte Saint-Romain sont encore visibles, aujourd'hui, sur la butte près des fossés de la citadelle (porte Dauphine).

Pons (Charente-Maritime). Gisants. Chapelle Saint-Gilles.

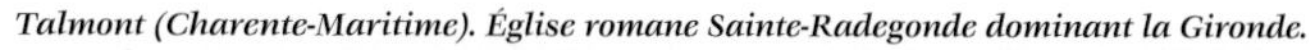

Talmont (Charente-Maritime). Église romane Sainte-Radegonde dominant la Gironde.

Le sacrifice d'Isaac par Abraham. Porche roman. Église Saint-Seurin (Bordeaux).

Église Saint-Seurin, portail Sud. (Bordeaux).

À Bordeaux

De Blaye, les Jacquets s'en allaient à Bordeaux *rendre visite au corps du bienheureux Seurin évêque et confesseur.*

Édifiée au XIe siècle, l'église Saint-Seurin garde encore de nos jours de précieux témoignages de son très riche passé :

• Les chapiteaux du porche : superbes illustrations de l'art roman (en particulier celui du sacrifice d'Isaac par Abraham).

• La crypte : malgré les outrages des ans, elle conserve « de beaux restes » : trois chapiteaux gallo-romains et de magnifiques sarcophages de l'époque mérovingienne (VIIe-VIIIe siècle).

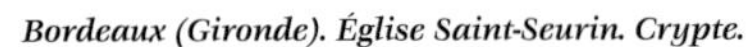

Bordeaux (Gironde). Église Saint-Seurin. Crypte.

Au cœur d'une région fertile, la capitale de la Guyenne offrait de nombreuses possibilités d'accueil aux Jacquets et en particulier :

• L'hôpital Saint-James

Du XIIe au XVIIe siècle, cet hôpital a joué un rôle majeur dans l'assistance aux pèlerins de passage. Certains s'y sont même fait enterrer, comme l'ont révélé des travaux effectués en 1927 : de nombreuses coquilles furent retrouvées dans les tombes.

Le prieuré de Cayac, à Gradignan

Si les vestiges de ce très beau monument ont gardé toute leur majesté, le cadre, lui, a bien changé : il est aujourd'hui bordé de routes et de constructions diverses. Ce prieuré était au Moyen Âge un refuge pour les pèlerins *en ces landes bordelaises, où l'on manque de tout : il n'y a ni pain, ni vin, ni viande, ni poisson, ni eau, ni sources...*
(« Guide du pèlerin », page 19).

Cet antique prieuré a gardé sa vocation d'origine puisqu'un gîte d'étape reçoit encore de nos jours les pèlerins de passage.

L'église Saint-Michel du Vieux-Lugo à Belin-Beliet (Gironde)

Alors que les automobiles roulent à un train d'enfer sur l'autoroute toute proche, l'église du Vieux-Lugo offre un havre de paix, en plein milieu des bois.

En 1967, l'abbé Thomas y découvrit des peintures murales (fin du XVe siècle) représentant des œuvres de miséricorde envers les pèlerins de Compostelle. On peut y voir également des peintures illustrant les sept péchés capitaux. Riche de ces trésors artistiques, l'église du Vieux-Lugo baigne surtout dans une rare « paix intérieure » favorisée par la douce lumière des vitraux.

L'église Saint-Pierre de Mons à Belin-Beliet (Gironde)

Nichée elle aussi au cœur de la forêt des Landes, cette église romane, édifiée au bord du « caumin romiou » (chemin des Roumieux) vaut le détour. On passe d'abord devant une croix très ancienne avant de contempler, à l'intérieur, un chapiteau du XIIe évoquant les cinq « corps précieux » de Belin. Une prière à sainte Claire rappelle cette très ancienne dévotion à la sainte, invoquée pour les yeux. La fontaine Sainte-Claire, toute proche, est connue depuis les temps anciens pour avoir des vertus miraculeuses, guérissant tous les maux d'yeux.

Belin-Beliet (Gironde). Église Saint-Michel du Vieux-Lugo.

Belin-Beliet (Gironde). Église Saint-Pierre de Mons.

Belin-Beliet. Croix de chemin dans les Lande

Saint-Macaire (Gironde). Les peintures murales de l'église méritent un détour.

Le chemin de Saint-Jacques dans les Landes

Si par hasard, tu traverses les Landes en été, prends soin de préserver ton visage des mouches énormes qui foisonnent là-bas et qu'on appelle guêpes ou taons ; et si tu ne regardes pas tes pieds avec précaution, tu t'enfonceras rapidement jusqu'au genou dans le sable marin qui est envahissant...
(« Guide du pèlerin », page 19).

En effet, jusqu'au milieu du XIXe siècle, la traversée des « Landes » était une véritable aventure. Il a fallu la construction de la ligne de chemin de fer Bordeaux-Bayonne, en 1854, pour modifier complètement la situation :

- en 1856, on comptait 700 000 hectares de landes incultes
- à la fin du XIXe, à la suite des travaux de drainage et d'assèchement, puis de plantations, la Gironde et les Landes possédaient la plus grande forêt de pins d'Europe !

Pour revenir à nos Jacquets, après Mons, ils se dirigeaient vers Labouheyre (église Saint-Jacques au porche orné d'une frise de coquilles et de fleurs de lys), puis Lesperon, prenaient un repos (bien mérité) aux hôpitaux de Fosse-Gimbaut ou Pouymartet, aux portes de Saint-Paul-lès-Dax (église romane).

Sa voisine, Dax, l'ancienne « Aquae Tarbellicae » des Romains, devint au fil du temps une halte très appréciée, avec ses hôpitaux :

- Hôpital-prieuré du Saint-Esprit, fondé en 1217,
- Hôpitaux de Saint-Eutrope et Saint-Jacques.

Le « chemin des pérégrins » se prolonge ensuite par Pouillon pour aboutir au passage « d'un

Sorde-l'Abbaye (Landes). La traversée du gave d'Oloron.

gave et d'un fleuve », en face de l'abbaye de Sorde.

Sorde-l'Abbaye est de nos jours une petite localité des plus tranquilles. C'est le fameux « village de Saint-Jean-de-Sorde » dont Aimery Picaud dénonce les vils bateliers.

L'église abbatiale de Sorde a gardé toute sa splendeur : le portail roman, les chapiteaux sont remarquables, tout comme les mosaïques visibles dans le chœur.

Il faut ensuite se promener sur les rives du gave d'Oloron (et imaginer la rivière en crue), pour comprendre la crainte des pèlerins au passage des fleuves.

Ayant échappé au péril des eaux, les Jacquets cheminaient vers Ostabat, par Arancou (hôpital fondé en 1256 par Gaston de Béarn), Ordios (hôpital fondé en 1151) et Vieillenave (église Saint-Jacques) porte d'entrée du Pays basque.

Aujourd'hui le chemin de saint Jacques à travers les Landes n'est plus une aventure...

La Via

Crépuscule sur le Morvan ; à l'horizon, la colline de Vézelay.

Lemovicensis
de Vézelay à Ostabat

En 1834, découvrant la basilique Sainte-Madeleine de Vézelay, Prosper Mérimée, inspecteur des monuments historiques, dresse un constat accablant : *Les murs sont déjetés, fendus, pourris par l'humidité. On a peine à comprendre que la voûte, toute crevassée, subsiste encore. À chaque instant, de petites pierres se détachent et tombent autour de moi. Il y pleut à verse et, entre les pierres, poussent des arbres gros comme le bras.*

Il faudra seize longues années d'intenses travaux à un jeune architecte, Viollet-le-Duc, pour lui redonner sa splendeur du temps passé, celle où elle était le point de départ de l'un des quatre grands chemins de Saint-Jacques.

Vézelay

Depuis près de mille ans, Vézelay, c'est d'abord une vision : celle d'un vaisseau de pierre perché sur une montagne sacrée, la « colline de Vézelay ».

Bien sûr, l'automobile vous permet de rejoindre directement le cœur de la cité, des parkings sont prévus à cet effet. Mais pour saisir toute la « magie », le vrai sens de Vézelay, rendez-vous à Asquins et, à pied, suivez l'antique chemin de Saint-Jacques : deux kilomètres au cœur de la campagne bourguignonne, sur les pas des pèlerins du Moyen Âge.

Asquins (Yonne). Vitrail dans l'église Saint-Jacques.

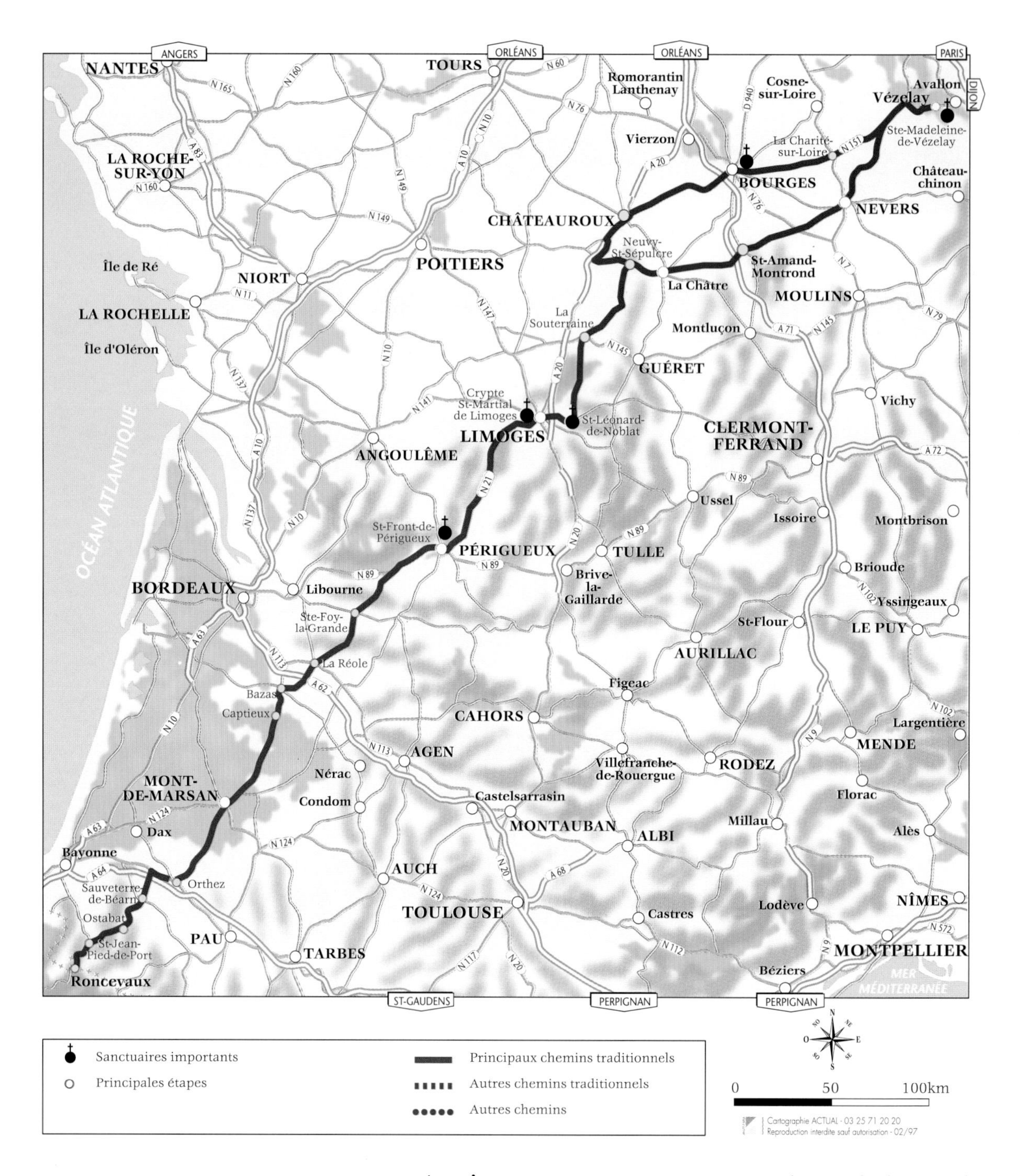

Asquins

L'église Saint-Jacques d'Asquins fut consacrée, en 1132, par l'évêque d'Autun, Étienne de Bagé, sous le nom « d'Ecclesia peregrinorum » (église des pèlerins). Elle a conservé un magnifique buste-reliquaire de saint Jacques, en bois polychrome, du XVIe siècle.

Avant de prendre le sentier cheminant d'Asquins à Vézelay, vous vous rendrez au pré (en contrebas de l'église) autrefois appelé « pré des pèlerins », où ces derniers laissaient reposer leur monture (âne ou cheval). Tous ces indices prouvent que l'histoire d'Asquins est intimement liée au pèlerinage de Compostelle. De plus, la tradition rapporte que notre célèbre moine poitevin, Aimery Picaud, s'y serait établi vers l'an 1135 pour y rédiger le fameux « Guide du pèlerin ». Suivons donc une fois de plus, ses recommandations : *Sur la route qui va à Saint-Jacques en passant par Saint-Léonard, le très saint corps de la bienheureuse Marie-Madeleine doit être d'abord et à juste titre vénéré par les pèlerins.*

Vézelay

Sur l'antique cité gallo-romaine de Vercellacum avait été fondée, à la fin du IXe siècle, une abbaye consacrée à saint Pierre et saint Paul. Partagée entre les travaux des champs et la célébration des offices religieux, la vie s'écoulait tranquillement au monastère.

En 1037, l'élection d'un nouvel abbé, Geffroy, allait tout changer. Jusqu'à cette date, le seul titre de gloire de l'abbaye était de posséder des reliques de sainte Marie-Madeleine... parvenues en ses murs, dans des circonstances pour le moins mystérieuses.

La « translation » de la précieuse dépouille de sainte Marie-Madeleine a toutes les allures d'un « vol », mais c'était une pratique courante à l'époque. En tout cas, Geffroy, le nouvel abbé de Vézelay, comprend tout le parti qu'il peut tirer de ces reliques et entreprend de les mettre en valeur.

La papauté lui apporte un soutien décisif en authentifiant les reliques de la sainte, à Vézelay, au détriment de Saint-Maximin, en Provence. En 1050, une lettre du pape Léon IX officialise le fait en autorisant l'abbaye à ajouter le nom de la sainte à celui des saints patrons du monastère.

Dès lors, Vézelay devient l'un des pèlerinages les plus fréquentés de la chrétienté... jusqu'en 1295, année funeste, où une bulle papale authentifie les reliques de la sainte conservées à Saint-Maximin. C'est le début d'une décadence, aggravée au XVIe siècle par les guerres de Religion et au XVIIIe siècle, par la Révolution.

Asquins. Buste reliquaire de saint Jacques.

Coquille Saint-Jacques au-dessus d'une porte de Vézelay.

La basilique Sainte-Madeleine

Sauvée de la ruine, au siècle dernier, par Prosper Mérimée et Viollet-le-Duc, la basilique Sainte-Madeleine est considérée comme un chef-d'œuvre de l'art roman. Mais avant de nous pencher sur la merveilleuse abbatiale actuelle, il faut rappeler les circonstances dramatiques qui ont entouré sa construction.

En effet, en 1096, face à l'afflux de pèlerins venant vénérer les reliques de sainte Madeleine, Artaud, l'abbé de Vézelay, fit édifier un chœur à déambulatoire, à la place du chœur carolingien devenu trop exigu. Le 21 juillet 1120, un terrible incendie ravagea la basilique, où périrent plus de mille fidèles, réunis en cette veille de la fête de sainte Madeleine. La reconstruction de l'église va s'étaler sur tout le XIIe siècle, en trois phases principales :

Vézelay (Yonne). Grand-messe en la basilique Sainte-Madeleine.

Les chapiteaux de Vézelay : une bible de pierre

Comme Moissac et Conques, les sculpteurs de Vézelay ont écrit à la perfection des pages de la Bible sur une dentelle de pierre. À Vézelay, on atteint véritablement au sublime : près de deux cents chapiteaux décoratifs ou historiés décrivent des scènes de l'Ancien et du Nouveau Testament. Un seul exemple : le « moulin mystique ». En apparence, on y voit un homme verser du grain dans un moulin tandis qu'un autre recueille la farine. Il faut comprendre ainsi : Moïse (ou le Christ) verse le grain (c'est-à-dire l'ancienne loi) de la parole, saint Paul la recueille pour nous apprendre la doctrine nouvelle (cachée dans l'ancienne). Ainsi que l'affirme Jules Roy : « Ce chef-d'œuvre attribué au Maître du tympan n'a pas fini de nous intriguer. Il frémit, il éclate de vie, il signifie Vézelay. »

Les chemins de Saint-Jacques en Bourgogne

Le très riche duché de Bourgogne fut, au Moyen Âge, un véritable carrefour des routes vers Compostelle. De plus, Vézelay et Cluny ont marqué l'histoire du pèlerinage. Pour en savoir davantage, le Comité régional du tourisme de Bourgogne met (gracieusement) à votre disposition une brochure remarquable : « Vers Saint-Jacques-de-Compostelle en Bourgogne ». Écrire au CRT de Bourgogne BP 1602 - 21035 Dijon Cedex.

Paysage du Limousin près de Saint-Léonard-de-Noblat.

1140, achèvement de la vaste nef, véritable « vaisseau de lumière ». On reste confondu devant la science de ces bâtisseurs du roman, concevant l'architecture de cette magnifique nef, comme un chemin de lumière, jusqu'au chœur de l'édifice.

1145, construction du narthex, à la double fonction : préparation spirituelle des moines avant d'entrer en procession dans la nef, lieu de recueillement et de pénitence des pèlerins avant de pénétrer dans l'église de Dieu. Au centre du tympan, trône le Christ en majesté.

1185, l'abbé Girard d'Arcy fait remplacer l'ancien chœur roman par le chœur gothique, que nous admirons encore aujourd'hui. Les nouveaux principes de l'art gothique ont été utilisés pour lui donner le maximum de lumière. Seule une longue, très longue visite de l'abbatiale, en compagnie de guides compétents, vous permettra de saisir toute la symbolique qui entoure chaque pierre de cette pure merveille.

En pays limousin

Si le chemin qui va de Vézelay à Ostabat a pris le nom de « Via Lemovicensis » (voie Limousine), c'est qu'il doit bien y avoir une raison.

Il me semble que la meilleure explication est la présence sur ces monts du Limousin de deux sanctuaires fort réputés au Moyen Âge : Saint-Martial à Limoges et Saint-Léonard à Saint-Léonard-de-Noblat. Leur prestige était tel qu'à travers la chrétienté s'est répandue la renommée de ce Limousin, « terre des saints ».

La « route Limousine » s'étire de Crozant à Châlus, en direction de Périgueux... Mais reprenons la marche sur les pas de nos vaillants pèlerins. Quittant Vézelay, les Jacquets franchissaient la Loire, soit à La Charité-sur-Loire (puis Bourges et Châteauroux), soit à Nevers (puis Saint-Amand-Mont-Rond et Neuvy-Saint-Sépulcre) pour rejoindre les premières collines du Limousin. Crozant, La Souterraine, Bénévent-l'Abbaye : autant de villes-étapes avant d'atteindre la basilique de Saint-Léonard, à Noblat, sanctuaire célèbre dans toute l'Europe.

Saint-Léonard-de-Noblat

La clémence divine a répandu au loin à travers le monde entier la gloire du bienheureux confesseur Léonard du Limousin et sa puissante intercession a fait sortir de prison d'innombrables milliers de captifs ; leurs chaînes de fer, plus

barbares qu'on ne peut le dire, réunies par milliers, ont été suspendues tout autour de sa basilique, à droite et à gauche, audedans et au-dehors, en témoignage de si grands miracles. On est surpris plus qu'on ne peut l'exprimer en voyant les mâts qui s'y trouvent chargés de tant et de si grandes ferrures barbares. Là en effet sont suspendus des menottes de fer, des carcans, des chaînes, des entraves, des engins variés, des pièges, des cadenas, des jougs, des casques, des faux et des instruments divers dont le très puissant confesseur du Christ a, par sa puissance, délivré les captifs...
(« Guide du pèlerin », page 55).

Saint-Léonard-de-Noblat (Haute-Vienne). Stalles de l'église.

En ce Moyen Âge où les guerres étaient incessantes, les prisonniers n'avaient de cesse d'invoquer saint Léonard pour leur libération. Celleci acquise, ils venaient rendre leur vœu, sur son tombeau.

Étape majeure du pèlerinage de Compostelle, Saint-Léonard-de-Noblat nous offre encore aujourd'hui de nombreux témoignages de sa splendeur d'antan :

Le pont Saint-Martial, à Noblat

Tout en contrebas de la cité historique, le quartier de Noblat s'avère une véritable oasis de quiétude, avec son pont médiéval (du XIIIe siècle), ses vieilles maisons perchées au-dessus de la rivière, ses petits jardins et ses anciens moulins. C'est également le point de départ de très belles promenades jusqu'au « chêne de Clovis », site de l'ancien château et les rives de la Vienne.

Pour mettre vos pas dans ceux des Jacquets, après avoir franchi le pont, vous prendrez le « chemin du pavé » qui vous mènera (en une rude pente) aux portes de la cité.

L'ancien hôpital des pèlerins (XIIIe siècle)

Rue Georges-Périn, ses vénérables murs portent tout le poids d'un passé consacré à l'accueil des pèlerins. Par

La quintaine de Saint-Léonard

Chaque année, en novembre, se déroule à Saint-Léonard une fête originale : « la quintaine ». En souvenir de saint Léonard, patron des prisonniers, des cavaliers armés du « quillou » assaillent et détruisent un donjon en bois (ou quintaine), symbole de la prison.

Les Ostensions

Tous les sept ans, de grandes fêtes se déroulent dans certaines villes du pays limousin : les « Ostensions ». Il s'agit d'expositions solennelles des reliques de saints vénérés dans la région : saint Léonard, à Saint-Léonard-de-Noblat, saint Martial, à Limoges, le « bon saint Éloi » à Solignac, saint Junien à Saint-Junien, etc. Les châsses et reliquaires abritant les reliques des saints sont portés en procession dans les villes pavoisées, accompagnés de cortèges en costumes d'époque, de bannières des paroisses voisines, des fanfares et autres « mousqueteries ». À Saint-Léonard-de-Noblat, les prochaines Ostensions auront lieu en... 2002 !

Saint-Léonard-de-Noblat. Chœur de l'église. Châsse abritant les reliques de saint Léonard.

les ruelles bordées de maisons chargées d'histoire, on débouche sur le monument le plus célèbre :

La collégiale royale de Saint-Léonard (XIIe siècle)

Son clocher tout d'abord force l'admiration : impressionnant (52 mètres de hauteur), suprême d'élégance, il est considéré comme le plus beau des clochers romans du Limousin.

L'intérieur est tout aussi remarquable :

- Le chœur avec son déambulatoire et ses sept chapelles rayonnantes
- La châsse abritant les reliques de saint Léonard
- Ruelles et maisons du cœur historique.

Autrefois protégé par une enceinte aux portes fortifiées, le centre-ville de Saint-Léonard a gardé l'aspect d'une cité médiévale avec ses maisons aux belles façades (du XIIe au XVIIIe) en pierre ou à pans de bois.

Limoges

En se promenant sur la place de la République aujourd'hui, on a du mal à imaginer qu'au Moyen Âge, s'élevait en ces lieux une basilique dédiée à saint Martial aussi célèbre que celle de Saint-Martin de Tours ou Saint-Sernin de Toulouse.

C'est pourtant sur cette place que l'on découvre l'ultime témoin de cette grande époque : la crypte de Saint-Martial. Ouverte au public en juillet et en août, elle recèle de véritables trésors archéologiques : des sarcophages en plomb (du IVe siècle), des sarcophages mérovingiens et médiévaux, etc.

L'abbaye de Saint-Martial vécut une ère de prospérité intense, du XIe au XIVe siècle. À son apogée, au XIIe siècle, elle était un brillant foyer d'art et de culture : enluminure, théâtre, musique, poésie liturgique... Le déclin commença avec la guerre de Cent Ans et se poursuivit jusqu'à la Révolution : 1792 vit le début de la démolition des bâtiments. En 1807, il ne restait plus aucune trace sur la surface du sol !

Cité prospère au Moyen Âge, Limoges accueillait les Jacquets dans ses nombreux hospices, hôpitaux et auberges. On connaît l'existence de plusieurs confréries jacquaires, de chapelles dédiées à saint Jacques. Certains évêques de Limoges ont même fait le pèlerinage à Compostelle.

De nos jours, le pont Saint-Étienne (XIIe siècle), la croix des Carmes (sur le pont) et la place Saint-Jacques-de-Compostelle gardent le souvenir du passage des pèlerins.

En Périgord

De Saint-Martial de Limoges, les pèlerins se dirigeaient vers un « corps saint » célèbre depuis le VIe siècle, le tombeau de saint Front à Périgueux.

De Limoges, le chemin passait par Châlus et son très puissant château fort (XIe-XIIIe siècle) puis La Coquille, avant d'atteindre la fertile vallée de l'Isle et sa capitale : **Périgueux**.

Une première chapelle fut édifiée au VIe siècle pour recevoir la sépulture de saint Front. Au XVe siècle, une église romane lui succède... jusqu'en 1120 où un incendie la détruit presque entièrement.

Pour accueillir les pèlerins qui se déplacent en foule vers les grands sanctuaires, une immense basilique est édifiée au XIIe siècle. C'est la cathédrale Saint-Front que l'on peut visiter aujourd'hui. Restaurée par Abadie au siècle dernier, elle rappelle, par son plan en croix grecque, Saint-Marc de Venise. Mais ses coupoles sont plus vastes : elles s'élèvent à 38 mètres de haut sur une largeur de 25 mètres et laissent, en dépit de leur énorme masse, une impression de légèreté.

Bergerac

L'église Saint-Jacques, qui se distingue par son clocher-arcades et une belle fenêtre flamboyante, témoigne encore de nos jours du passé jacquaire de la cité.

En Aquitaine

Le passage (redouté) de la Dordogne se faisait à Sainte-Foy-la-Grande, bastide édifiée en 1255, à l'initiative d'Alphonse de Poitiers (frère de Saint Louis). Par Pellegrue, Saint-Ferme, Roquebrune (l'hôpital fondé vers 1170 par les Templiers abrite aujourd'hui la mairie), et Saint-Hilaire-de-la-Noaille, la voie de Vézelay débouchait sur un autre fleuve dangereux : la Garonne.

C'est à La Réole qu'ils prenaient le bac... sous la protection (appréciée) du prieuré de la cité. Un circuit pédestre fléché permet de découvrir toutes les richesses de cette ville « d'art et d'histoire ».

Dans les Landes et le Béarn

Après avoir franchi la Garonne, les pèlerins s'aventuraient sur « Lou camin dous Sainct Jacquès » qui passait par Bazas, Baulac (hôpital Saint-Jacques), Captieux, Roquefort et Mont-de-Marsan.

Accueillis à Saint-Sever par les moines de la riche abbaye, les Jacquets cheminaient ensuite vers Orthez (le pont Vieux en rappelle le passage) puis Sauveterre-de-Béarn (hôpital Saint-Jacques) et Saint-Palais avant d'atteindre Ostabat.

Hôpital de Cadillac (Gironde). Aujourd'hui, encore, les pèlerins peuvent dormir dans des cellules « d'époque ».

L'hôpital de Cadillac

*Fondée en 1280,
par Jean de Grailly,
la bastide de Cadillac
se vit doter au XVIIe siècle
d'un hôpital dont la charte
de fondation précise qu'il
devra comporter,
en un autre lieu que celui
réservé aux malades :
« six lits pour les pauvres
pèlerins auxquels
ils administreront
du pain et du vin
et le chauffage
jusques à deux nuits
s'il est besoin, et non plus,
et les logeront charitablement, et logeront les autres
passants nécessiteux
une nuit ou deux
s'il est besoin. »
(Extrait de l'acte
de fondation et du traité
pour la construction
de l'hospital Sainte-Marguerite, 2 juin 1617.)
Aujourd'hui encore,
l'hôpital de Cadillac
assure le gîte
et le couvert
aux pèlerins de passage...
tradition qu'il convient de
saluer à sa juste mesure !*

Limoges (Haute-Vienne). Pont Saint-Étienne.

Le chemin de Saint-J

Aube sur les Pyrénées, près d'Ostabat.

ques en Pays basque
d'Ostabat à Roncevaux

Ostabat

Comme le souligne le « Guide du pèlerin », les voies de Tours, Vézelay et Le Puy-en-Velay se réunissent à Ostabat, en Pays basque.

Niché dans les vallons verdoyants de la Basse-Navarre, ce petit village a gardé la mémoire de son glorieux passé :

• La stèle de Gibraltar

Sur le mont Saint-Sauveur (où se rejoignent les trois grands chemins), une stèle indiquant leur orientation a été édifiée il y a quelques années.

• La chapelle Saint-Nicolas-d'Harambels

Cité au XIIe siècle, « l'hospitale Sancti Nicolai de Arambels » accueillait les pauvres et les pèlerins de passage. De ce prieuré, il demeure encore de nos jours, une très belle chapelle, propriété indivis de quatre familles du hameau : Etxeberri, Sala, Etxeto et Borda. Ce sont les descendants des « Donats », communauté assurant au Moyen Âge l'hébergement des Jacquets.

• Le bourg d'Ostabat

Que le Pays basque est beau ! que l'on y vienne à pied (par le GR 65) ou en automobile, la découverte de ce village est un vrai bonheur.

En 1350, plus de vingt hostelleries y prospéraient. Cette tradition d'accueil s'est merveilleusement préservée jusqu'à nos jours, comme nous avons pu le constater au gîte d'étape, dans la « basse-ville ». Celui-ci porte d'ailleurs le nom « d'ospitalia », en souvenir de l'hôpital qui recevait les pèlerins, au sortir du chemin d'Harambels. Il faut surtout prendre le temps de flâner dans les ruelles et admirer ces maisons basques, chargées d'inscriptions ou de symboles mystérieux.

Saint-Jean-Pied-de-Port

Au pied du col (du « port ») de Roncevaux, la capitale de la Basse-Navarre offre aux pèlerins-randonneurs d'aujourd'hui, la chance unique de fouler les pavés des ruelles empruntées autrefois par les Jacquets.

Rue de la Citadelle. Saint-Jean-Pied-de-Port (Pyrénées-Atlantiques).

Corinne, Claire et Étienne au sortir d'Ostabat, un beau matin d'octobre.

Saint-Jean-Pied-de-Port.
Détail d'une porte.

C'est de la porte Saint-Jacques (XIIIe siècle) qu'il faut reprendre l'ancienne pérégrination. Débouchant sur la rue de la Citadelle, on y remarque, au n° 55, un refuge pour pèlerins (et uniquement pour ceux-ci) proposé par l'association des amis de Saint-Jacques (au n° 27). Au bas de la rue, l'église Notre-Dame-du-Bout-du-Pont invite au recueillement, avant le passage du Vieux Pont franchissant la Nive.

Le site est superbe avec les vieilles maisons navarraises, aux balcons de bois ouvragé, se mirant dans les eaux de la rivière. Il faut vraiment profiter de cet ultime répit, car de ce pont jusqu'au col d'Ibaneta (quelques centaines de mètres plus haut), le chemin ne cesse de grimper.

La rue d'Espagne, sur laquelle aboutit le pont, indique clairement la voie. Au bout de cette rue, la porte d'Espagne ouvre l'horizon sur ces montagnes redoutées des Jacquets du temps jadis... comme du temps présent !

Le col d'Ibaneta (Espagne)

Dans le Pays basque, la route de Saint-Jacques franchit un mont remarquable appelé Port de Cize. Pour le franchir, il y a huit milles à monter et autant à descendre. En effet, ce mont est si haut qu'il paraît toucher le ciel ; celui qui en fait l'ascension croit pouvoir, de sa propre main, toucher le ciel. Du sommet, on peut voir la mer de Bretagne et de l'Ouest et les frontières des trois pays : Castille, Aragon et France.

Au sommet de ce mont, est un emplacement nommé la Croix de Charles parce que c'est à cet endroit qu'avec des haches, des pics, des pioches et d'autres outils, Charlemagne allant en Espagne avec ses armées se fraya jadis un passage et qu'il dressa d'abord symboliquement la croix du Seigneur et ensuite pliant le genou, tourné vers la Galice, adressa une prière à Dieu et à saint Jacques. Aussi, arrivés ici, les pèlerins ont-ils coutume de fléchir le genou et de prier en se tournant vers le pays de Saint-Jacques et chacun plante sa croix comme un étendard. On peut trouver là jusqu'à mille croix.
(« Guide du pèlerin », page 25).

Sur le GR 65, l'étape qui mène les marcheurs depuis Saint-Jean-

Premières lueurs sur les Pyrénées.

Pied-de-Port jusqu'au monastère de Roncevaux, en passant par ce col, est considérée comme l'une des plus difficiles. Imaginez l'ardeur et le courage qu'il fallait aux « vagabonds de Dieu » pour franchir de tels obstacles ! Mais la foi soulève les montagnes, selon l'expression consacrée et nos Jacquets la proclamaient bien haut, confectionnant une croix de feuillage avant la montée, pour la planter près de cette fabuleuse « croix de Charles ».

Puerto de Ibañeta (Espagne). Ici chaque pèlerin se doit d'y déposer sa croix.

Roncevaux

La fameuse bataille livrée par l'arrière-garde de Charlemagne, sous les ordres du comte Roland, en 778, a tellement marqué notre mémoire d'écolier que l'actuel panneau (espagnol) « Roncesvalles » paraît presque incongru.

Durant tout le Moyen Âge, Roncevaux a résonné comme un mot « magique » pour les Jacquets, en raison de la présence de deux édifices célèbres entre tous :

- L'église de Notre-Dame dans laquelle se trouvait le rocher que Roland fendit d'un triple coup de son épée
- L'hospice

« La Preciosa », ouvrage manuscrit du XIIe siècle en vante la nourriture abondante, la bonne chaleur des cheminées, la qualité des soins, l'assistance aux mourants... et les prières pour les trépassés ! En a-t-il accueilli et réconforté des dizaines de milliers de Jacquets au fil des siècles ! Cette remarquable tradition s'est perpétuée jusqu'à nos jours puisque le monastère reçoit toujours les pèlerins de passage.

La collégiale royale de Roncevaux mérite une visite avec sa salle capitulaire abritant le gisant du roi de Navarre « Sancho el fuerte ». Un vitrail aux couleurs chatoyantes décrit la bataille qu'il remporta, en 1211, contre les Maures.

De Roncevaux, il ne reste plus... que 800 kilomètres pour rejoindre Santiago de Compostela ! Ultreïa !

Tapisserie de Notre-Dame de Roncevaux.

La Via

Tolosana

d'Arles au col du Somport

« Via Tolosana », « Via Arletanensis », « Route de Provence »... Ce sont les trois noms de baptême les plus courants de la voie qui part de la très ancienne cité d'Arles pour rejoindre Saint-Jacques, en Galice.

L'appellation de « Via Tolosana », « Voie de Toulouse », s'est imposée au fil du temps, pour deux raisons majeures : d'une part, le tracé du chemin, sur les terres des comtes de Toulouse (de la Provence au Béarn), d'autre part, l'importance du sanctuaire de Saint-Sernin et de la ville de Toulouse.

Véritable voie européenne avant la lettre, elle vit passer sur ses chemins des Jacquets en provenance de l'Italie et de Provence, naturellement, mais aussi d'Allemagne et d'Europe centrale. Par ailleurs, les pèlerins de l'Europe du Sud (Espagne, Portugal) qui se rendaient sur le tombeau de saint Pierre à Rome empruntaient cette voie, à l'aller et au retour. C'est pourquoi tous les pèlerins étaient souvent désignés, dans le Midi, sous le nom de « Romieux ».

La voie Tolosane par le GR 653

C'est une grande chance, la « voie Tolosane » ou « chemin d'Arles » est aujourd'hui entièrement balisée : c'est le GR 653.

Grâce aux efforts incessants de l'association « Randonnées pyrénéennes » et des « Amis des chemins de Saint-Jacques », il est possible

En page de gauche :
Cité de Carcassonne (Aude).

Arles (Bouches-du-Rhône). Église Saint-Honorat. Le point de départ du chemin d'Arles.

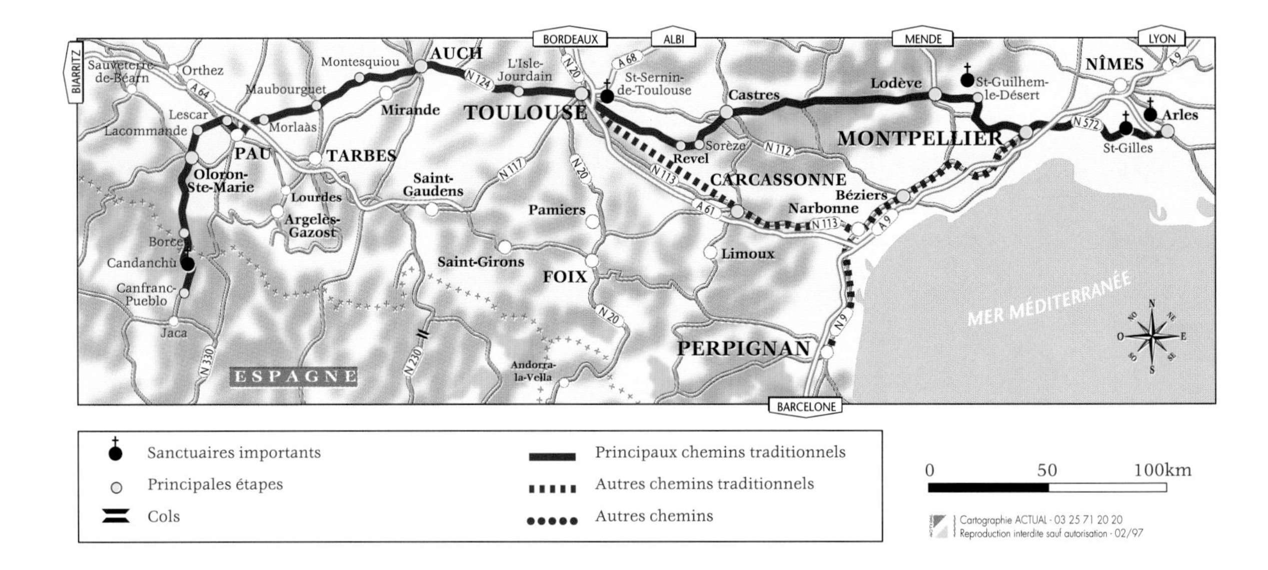

désormais de cheminer depuis la chapelle Saint-Honorat, en Arles, jusqu'au célèbre « pont de la Reine », à Puente la Reina, en Espagne.

L'indispensable topo-guide, « Le Chemin d'Arles », est l'œuvre de Louis Laborde-Balen et Rob Day. Cet ouvrage remarquable contient plus de trois cents pages de cartes, itinéraires, descriptions de villages ou monuments... Notre propos se voulant plus modeste, qu'il nous soit permis de mettre en lumière quelques sites ou sanctuaires célèbres.

Arles. Cloître Saint-Trophime. Un des plus beaux de Provence...

Arles

La présence de nombreux « corps saints » explique le choix de la cité provençale comme point de départ de l'un des quatre grands chemins de Saint-Jacques.

C'est de la chapelle Saint-Honorat que s'élancent, de nos jours, les pèlerins-randonneurs, en direction de Compostelle. De l'église romane édifiée aux XIe et XIIe siècles, il nous reste le chœur, le superbe clocher octogonal, à deux étages et d'antiques sarcophages romains (en marbre blanc, du IVe siècle, à l'entrée) ou carolingiens, dans l'abside. Des sarcophages, il en existait autrefois des milliers au cimetière des Alyscamps, notre prochain arrêt.

On mesure mal aujourd'hui l'importance de cette nécropole romaine, située, à l'époque, le long de la Via Aurelia, à l'extérieur des remparts de la cité. Le tout récent musée archéologique d'Arles expose une importante collection de sarcophages d'époque chrétienne.

L'avenue des Alyscamps (des « champs Élysées »), ne cesse d'impressionner les visiteurs du temps présent comme les pèlerins du Moyen Âge. Van Gogh et Gauguin en subirent également les sortilèges, puisqu'ils en réalisèrent chacun un tableau, à la fin du siècle dernier.

Le dédale des ruelles de la capitale de la Camargue nous mène ensuite à la cathédrale Saint-Trophime (XIIe-XIVe siècle). Les Jacquets s'y rendaient en nombre pour vénérer les reliques du premier évêque d'Arles (au IIIe siècle), Trophime. Au portail (pur joyau de l'art provençal), le jugement dernier illustre la parole du Christ : *Je suis la porte, si quelqu'un entre par moi, il sera sauvé.* De récents travaux de restauration par microabrasion ont permis de lui redonner toute sa splendeur d'antan.

Le cloître Saint-Trophime (XIIe-XIVe siècle), contigu à la cathédrale, déploie deux galeries romanes et deux autres gothiques, dans un ensemble si harmonieux qu'il est réputé pour être le plus beau de Provence.

Puis le GR franchit le Rhône sur le célèbre pont de Trinquetaille, pour rejoindre Saint-Gilles.

Saint-Gilles-du-Gard

En visitant la tranquille cité d'aujourd'hui, qui se douterait qu'elle fut au Moyen Âge l'une des cités les plus prospères de tout le Midi ?

Sous la protection des comtes « de Toulouse et de Saint-Gilles », la ville devint l'un des hauts lieux de la chrétienté, lieu de passage obligé des Jacquets, comme le démontre clairement Aimery Picaud : plusieurs pages du « Guide du pèlerin » vantent la gloire de Saint-Gilles et de son sanctuaire.

L'histoire commence au VIIe siècle, lorsque l'ermite Gilles fonde en ce lieu un monastère bénédictin. Du IXe au XIe siècle, l'abbaye de Saint-Pierre et Saint-Paul, qui abrite le tombeau de saint Gilles, jouit d'une immense réputation, due aux miracles réalisés par son fondateur. Les pèlerins affluent de toutes parts. La cité connaît un essor tel qu'elle devient l'une des principales villes du Midi. Du pont sur le Rhône, les croisés s'embarquent

Arles. Saint-Trophime.
Le portail des pèlerins (détail).

Saint-Gilles-du-Gard. Abbatiale. Le baiser de Judas.

Saint-Gilles et la croisade des albigeois

Envoyé auprès du comte de Toulouse, Raymond VI, pour convaincre celui-ci d'extirper l'hérésie cathare qui se développait sur ses terres, Pierre de Castelnau, légat du pape, est assassiné, à Saint-Gilles le 14 janvier 1208. Le pape Innocent III excommunie Raymond VI et lève une armée pour exterminer ces cathares. C'est la fameuse croisade des albigeois. Malgré la soumission du comte Raymond venue demander son pardon à Saint-Gilles, torse nu, le 12 juin 1209, le Midi est mis à feu et à sang par les troupes de Simon de Montfort. Béziers, Carcassonne, Bram, Minerve sont pillés, les populations massacrées. Le traité de Meaux, en 1229, met fin à cette expédition qui place le Languedoc sous la coupe du roi de France.

Abbatiale Saint-Gilles-du-Gard. Bas-relief de la façade représentant un cerf se cabrant devant un centaure.

pour la Terre sainte... Vous ne manquerez pas de visiter :

• L'abbatiale

Édifiée au XIIe siècle, sa façade est un pur joyau de l'art roman provençal (aussi célèbre que Saint-Trophime).

• L'escalier-vis

Chef-d'œuvre de stéréotomie, il se dresse au milieu des ruines de l'ancien chœur.

• La crypte

Véritable église souterraine à triple nef, elle renferme le tombeau du pieux ermite qui a donné son nom à la ville.

• La maison romane

Maison natale de Gui Foulques, célèbre jurisconsulte, devenu pape sous le nom de Clément IV (1265-1268), elle abrite le musée de Saint-Gilles et l'office de tourisme.

Saint-Guilhem-le-Désert (Hérault). L'église abbatiale et le village en hiver.

Par la « porte des Maréchaux », vestige de l'enceinte fortifiée, le GR quitte Saint-Gilles, passe par Vauvert et Gallargues-le-Montueux (ancien hôpital Saint-Jacques), avant d'atteindre Montpellier, ville-étape très appréciée des Jacquets.

Montpellier

De l'église Sainte-Marie (mentionnée en 1090) appelée par la suite Notre-Dame-des-Tables, ne subsiste que la crypte, sous la place Jean-Jaurès. Les pèlerins y vénéraient une Vierge noire aux vertus miraculeuses.

Après s'être reposés dans l'un des nombreux hôpitaux de la ville, nos Jacquets cheminaient vers Saint-Guilhem, sanctuaire fort réputé.

Le GR passe d'abord par Aniane, la cité de saint Benoît, le grand réformateur de l'ordre des Bénédictins. Il faut découvrir ce charmant village aux ruelles étroites, l'église Saint-Sauveur, la chapelle des Pénitents... et son observatoire astronomique, le « Géospace », véritable fenêtre ouverte sur l'espace.

Le pont du Diable (XIe-XIIe siècle), le plus ancien pont roman de France, nous mène ensuite à Saint-Guilhem.

Saint-Guilhem-le-Désert

À l'entrée des gorges de l'Hérault, dominé par les ruines du château du Géant, Saint-Guilhem-le-Désert est sans conteste l'un des plus beaux villages du Languedoc.

C'est dans ce désert minéral, royaume de la garrigue et de l'olivier, que choisit de se retirer, à l'aube du IXe siècle, l'un des proches conseillers de Charlemagne, Guilhem.

Petit-fils de Charles Martel par sa mère, Guilhem devient très tôt l'un des preux chevaliers de l'empereur « à la barbe fleurie ». À la mort de son épouse qu'il chérissait tendrement, Guilhem souhaite se retirer du monde et trouve dans le val de Gellone, le lieu idéal pour vivre dans la solitude et la méditation.

Saint-Guilhem-le-Désert. Un merveilleux village du Languedoc à l'automne.

En 804, il fonde une abbaye où s'installent quelques moines. À sa mort, en 812, sa dépouille est enterrée solennellement dans l'église abbatiale. Au XIIe siècle, le village de Gellone prend le nom de Saint-Guilhem-le-Désert.

Ce qu'il faut voir à Saint-Guilhem :

- L'église abbatiale, exemple remarquable du premier art roman languedocien (XIe-XIIe siècle) et son superbe cloître
- Les maisons romanes de la cité
- Les ruines du château
- Le chemin des « fenestrelles » qu'empruntaient autrefois les Jacquets.

La relique de la vraie croix

En témoignage de sa fidèle amitié pour Guilhem, Charlemagne lui avait offert un fragment de la vraie croix : un morceau long de trois pouces du bois sacré de la croix, déposé par sainte Hélène en l'église de Jérusalem. Exposée dans l'église abbatiale où reposait également Guilhem, la relique et le tombeau devinrent le but d'un pèlerinage très suivi. Les reliques de saint Guilhem et de la croix sont abritées aujourd'hui dans deux niches du chœur et d'une absidiole.

Croix. Route de Brassac (Tarn).

Cheminant sur les bords des gorges, pics et autres « cirques » de ce somptueux « haut pays d'Oc », le GR aboutit à la ville de Lodève.

La cathédrale Saint-Fulcran porte le nom d'un personnage célèbre au Moyen Âge : Fulcran, évêque du diocèse de Lodève au Xe siècle, qui fut enterré dans l'église abbatiale. Miracle : un siècle après sa mort, son corps fut exhumé et trouvé intact.

Cette faveur dura jusqu'à la prise de Lodève par les huguenots, le 4 juillet 1573. Le corps du saint fut arraché de sa châsse, traîné en ville et dépecé sur l'étal d'un boucher. Ses restes ont été recueillis et sont

Brassac. Pont gothique sur l'Agout.

Parc naturel régional du Haut-Languedoc. Lac du Merle.

conservés dans un reliquaire situé dans une petite chapelle de la cathédrale.

Depuis près de mille ans, les Lodévois vénèrent saint Fulcran : le 13 février et le dimanche avant l'Ascension, ses reliques sont portées à travers la ville.

Le GR 653 poursuit son périple à travers les monts d'Orb (Saint-Gervais-sur-Mare a gardé son caractère montagnard) et le Sidobre, au cœur du Parc naturel régional du Haut-Languedoc, pour rejoindre Castres, sous-préfecture du Tarn.

Castres

Au second rang des cités du Languedoc médiéval, Castres accueillait les Jacquets, au sortir des chemins de montagne. L'abbaye Saint-Benoît (clocher roman) les hébergeait, tout comme l'hôpital Saint-Jacques, fondé par Pierre Ders, riche marchand de la ville. Sur la rive gauche de l'Agout, l'église Saint-Jacques (clocher du XIIIe siècle) assurait les offices religieux.

Il fait bon flâner, de nos jours, dans les ruelles de la vieille ville et l'on ne saurait quitter Castres sans visiter son célèbre musée Goya.

De Castres à Toulouse, le chemin « historique » passait par Vielmur-sur-Agout, et Puylaurens. Le bitume l'a, hélas, largement recouvert. Le GR 653 propose (heureusement) des sentiers bien plus agréables sur les collines de la Montagne Noire et du Lauragais. Sorèze, Revel, Avignonet, Montgiscard, autant de cités d'histoire à découvrir, avant d'atteindre la capitale du Sud-Ouest : Toulouse.

Parc naturel régional du Haut-Languedoc. Sidobre. Site du Peyro-Clabado

Toulouse (Haute-Garonne). Hôtel-Dieu Saint-Jacques.

Toulouse

La « Ville rose » a donné son nom au « chemin d'Arles », c'est dire l'attention dont elle a bénéficié, durant tout le Moyen Âge, de la part des pèlerins de Compostelle.

Haut lieu de la chrétienté, à l'image de Tours ou Vézelay, Toulouse offre, aux visiteurs émerveillés, la découverte d'une église célèbre depuis près de mille ans : la basilique Saint-Sernin (XIe-XIIe siècle).

Toulouse (Haute-Garonne). Basilique Saint-Sernin. Crypte supérieure donnant sur le tour des Corps-Saints.

C'est l'exemple parfait d'une église de pèlerinage : nef à doubles collatéraux, chœur doté d'un déambulatoire à chapelles rayonnantes. Monument essentiel de l'art roman sur le chemin de Saint-Jacques, Saint-Sernin était glorifiée par l'adage : *Non est in toto sanctior orbe locus* (il n'est point de lieu plus sacré dans le monde entier). Sa crypte, particulièrement riche, abrite le « trésor », où repose un grand nombre de reliques de saints. Sa décoration sculptée et les fresques qui subsistent, évoquent la luxuriance orientale.

De l'autre côté de la Garonne, l'hôtel-Dieu Saint-Jacques conserve une superbe statue de l'apôtre. La cathédrale Saint-Étienne, les Jacobins, le Capitole... il faudrait une encyclopédie pour décrire toutes les richesses de la ville chère à Claude Nougaro.

La voie Tolosane en Béarn

Pour gagner les Pyrénées, le GR chemine sur les plaines fertiles du Toulousain et de la Gascogne.

Au sortir de Toulouse, L'Isle-Jourdain rappelle l'époque faste des comtes de Toulouse à travers l'opulence des vieilles demeures des siècles passés. L'hospice Saint-Jacques, avenue de Lombez, témoigne du passé jacquaire de la ville. Par Gimont, Auch, Montesquiou, Marciac et Labatut, le GR atteint Morlaàs, ancienne capitale du Béarn.

Morlaàs

De l'an 841 (année de la destruction de Lescar par les Sarrasins) à l'année 1194, où elle est évincée par Orthez, Morlaàs fut la capitale politique de la vicomté du Béarn.

Au XIe siècle, Gaston IV, le croisé, promulgue le « for de Morlaàs », par lequel il reconnaît les droits propres aux habitants du Béarn. De cette époque glorieuse, il demeure la très belle église de Sainte-Foy (XIe-XIIe siècle), et les chapiteaux du chœur aux scènes animalières.

Mosaïque de Lescar.

Morlaàs (Pyrénées-Atlantiques). Église Sainte-Foy. Chapiteau du chœur.

Le chemin (bitumé) traverse ensuite les faubourgs de Pau pour rejoindre une autre ville célèbre au Moyen Âge : Lescar.

Lescar

L'ancienne cité épiscopale du Béarn (jusqu'à la Révolution), possède un édifice prestigieux : la cathédrale Notre-Dame.

Édifiée à partir de 1120, sous l'impulsion de son évêque Gui De Loos (ou Lons), elle offre aux visiteurs ses trésors historiques :

- Les chapiteaux historiés
- La pierre tombale des « rois de Navarre, de la famille des Foix-Béarn »
- Les superbes mosaïques du chœur (XIIe siècle), représentant des scènes de chasse.

La commande est notre prochaine étape

« La Commande Deu Faget d'Auberti », la commanderie d'Aubertin doit son existence à la volonté du vicomte du Béarn, Gaston IV le Croisé, d'établir un hôpital en ces bois de hêtres (le « Faget »).

Après avoir contribué à la prise de Jérusalem et chassé les musulmans de Saragosse en 1128, Gaston IV créa tout un réseau d'hôpitaux sur ses terres, pour inciter les Jacquets à passer par le col du Somport. De cette importante commanderie, il demeure aujourd'hui l'église romane (surprenants chapiteaux romans du chœur) et les stèles discoïdales du cimetière.

Les montagnes des Pyrénées se profilent à l'horizon. Avant de les rejoindre arrêtons-nous à Oloron.

La commanderie d'Aubertin (Pyrénées-Atlantiques). Chapiteau du chœur.

Oloron-Sainte-Marie (Pyrénées-Atlantiques). Chapiteaux de l'église Sainte-Marie.

Derniers feux du couchant sur le col du Somport.

Oloron-Sainte-Marie

Au confluent des vallées d'Aspe et d'Ossau, Oloron a joué, depuis l'Antiquité, son rôle de lieu d'échanges entre la plaine et la montagne.

C'est encore le fameux Gaston IV qui est à l'origine de la construction de la cathédrale Sainte-Marie (XIIe siècle). Son portail, en marbre des Pyrénées, fait l'admiration des spécialistes de l'art roman.

La voie Tolosane, en vallée d'Aspe

Escot marque l'entrée officielle en vallée d'Aspe, dont le ruisseau de l'Arriou-Cottou constitue « la frontière ». Au Moyen Âge, les vicomtes de Béarn y faisaient halte pour échanger des otages avec les habitants de la vallée.

Le GR passe ensuite par Sarrance dont la « Vierge noire », conservée au musée, fut l'objet d'une dévotion suivie. Louis XI, roi de France, vint même lui rendre hommage en 1461. Les pères de Bétharram accueillent gracieusement les pèlerins de passage en leur monastère.

Par Osse-en-Aspe, Bedous, Accous (ancienne capitale de la vallée d'Aspe), on atteint l'un des plus beaux villages de toute la voie Tolosane : Borce.

Borce. Bénitier de l'église.

Borce

Cité par le « Guide du pèlerin », comme point de départ de l'étape menant au col du Somport, Borce est un petit diamant posé sur l'écrin des Pyrénées. Comment ne pas rendre hommage à ses habitants, qui ont su lui garder son âme et restaurer son exceptionnel patrimoine de pierre :

- L'ancien hôpital Saint-Jacques, à l'entrée du village, est entièrement réhabilité depuis peu. Non seulement les fresques dessinées par des grognards de l'Empire sont mises en lumière mais encore, un refuge des plus confortables a été aménagé pour les pèlerins-randonneurs de passage. Bravo monsieur le maire !

Canfranc Pueblo (Espagne). Le pont des pèlerins.

• La maison forte du XIIIe siècle abrite désormais la mairie (architecture intérieure moderne remarquable)

• Les vieilles demeures des XVe et XVIIe siècles

• L'église avec son bénitier de marbre sur lequel on découvre une coquille, un bourdon et un pèlerin

• L'enclos aux ours enfin rappelle une belle histoire : celle d'un ourson orphelin, baptisé « Jojo », qui fut recueilli et vécut longtemps heureux, au milieu des habitants de Borce. Il souligne également les liens très forts entre l'ours et les Pyrénées.

Urdos marque la frontière avec l'Espagne. Le GR reprend l'ancien chemin historique, à partir du viaduc de l'auberge du Peilhou, jusqu'au col de Somport.

Tout près de ce « summus portus » (le plus haut passage), la station de ski de Candanchu abrite les vestiges d'un hôpital fort célèbre : l'hôpital Sainte-Christine. Il n'en reste plus que quelques pierres éparses... mais le site, ouvert sur les monts environnants, n'en est que plus émouvant.

C'est au merveilleux pont roman « de Los Peregrinos », à Canfranc Pueblo, que nous abandonnerons ce « chemin d'Arles » ou « voie Tolosane »... que vous prendrez un jour... l'année prochaine... ou en 1999, année jubilaire !

Oloron.
Les Sarrasins enchaînés de l'église Sainte-Marie.

Les chemins d

Paysage de l'Argoat (centre de la Bretagne).

Saint-Jacques en Bretagne

Du XIe au XVIIIe siècle, les Jacquets du duché (jusqu'en 1532) puis de la province de Bretagne ont suivi, nombreux, les pas de Saint-Jacques, « pazieu Saint-Jak », vers la lointaine Galice.

La Bretagne historique (cinq départements) a fait place depuis peu aux régions de Bretagne et Pays de Loire. C'est un pur découpage administratif. En effet, au Moyen Âge, les pèlerins bretons ont emprunté des chemins propres au riche duché de Bretagne.

Ainsi, lorsque les moines de l'abbaye de Saint-Jouin-de-Marnes créent l'aumônerie Saint-Jacques, à Nantes, en 1037, cette ville est déjà depuis un siècle la capitale du duché (depuis l'an 938, par la volonté d'Alain Barbe-Torte, duc de Bretagne). Le breton est parlé jusqu'à Dol-de-Bretagne et Saint-Nazaire.

Chapelle Notre-Dame du Crann.
Vitrail de Spézet (Finistère).

Légende des blasons :
De nombreuses familles bretonnes arborent la coquille Saint-Jacques sur leurs blasons.

Du Mont-Saint-Michel à Machecoul, en passant par Clisson, Fougères et Vitré, partons à la découverte des vieux chemins de Saint-Jacques, « goh hent Saint-Jak » (ou « jakez »).

Le pèlerinage à Compostelle, par voie de terre ou de mer

La réputation des marins bretons ne date pas d'aujourd'hui ! L'étude des documents médiévaux nous apprend que les Jacquets se rendaient à Santiago soit à pied, en rejoignant « le grand chemin de Tours » (Via Turonensis), soit en bateau, au départ de l'un des ports bretons.

Par voie de mer

Les relations maritimes entre la Bretagne et la Galice remontent à une époque fort ancienne : ne dit-on pas des Galiciens qu'ils sont les « cousins celtes » des Bretons ? (et à ce titre, invités chaque année au Festival interceltique de Lorient).

Le « Guide du pèlerin » d'Aimery Picaud, du XIIe siècle, nous fournit

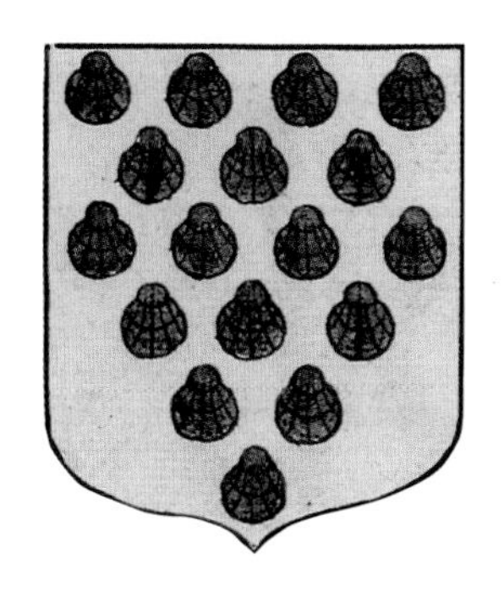

Limerzel (Morbihan). Saint Jacques.
Retable de pierre polychrome. Chapelle du Temple-du-Haut.

également une précision très intéressante en dénommant « mer de Bretagne », l'océan Atlantique. Les atlas de Vesconte (1313) et de Dulcert (1339), les portulans (cartes marines dessinées au Moyen Âge) indiquent clairement les principaux ports bretons, d'où partaient les navires chargés de pèlerins.

La navigation par cabotage (le long des côtes) les menait d'abord dans des ports de Charente ou d'Aquitaine, tels que La Rochelle, Saujon ou Talmont-sur-Gironde, pour aller à Saintes vénérer le tombeau de saint Eutrope. Les Bretons étaient si nombreux à s'y rendre, que la rue qui descend de l'église jusqu'à la Charente a gardé le nom de « rue des Bertons » et le port sur la rivière, le « port des Bertons ».

Le pèlerinage, par voie de mer, comportait bien des dangers : navires peu sûrs ou trop chargés, risque de tempêtes, etc., mais l'un des plus grands dangers n'était autre que celui de la capture. Ainsi, en 1379, deux cents pèlerins de Dol-de-Bretagne se rendant à Compostelle furent enlevés, et en 1417, le bateau « Notre-Dame de Tréguier », ayant pour capitaine Jean Moisan, fut fait prisonnier par un bateau de Plymouth. Il arrivait même que les Jacquets se fassent rançonner sur les navires à quai, avant le départ : ce fut le cas à Brest, où le duc de Bretagne, Jean IV, intervint auprès du roi d'Angleterre Richard II, pour que cessent de tels agissements. En 1456, les Bretons leur rendront « la monnaie de la pièce », en capturant un bateau anglais chargé de pèlerins.

Par voie de terre

Durant tout le Moyen Âge (du XIe au XVIe siècle), le pèlerinage de Compostelle connut un grand succès, tout comme celui des sept saints de Bretagne (que l'on appelle aujourd'hui le Tro-Breizh), du Mont-Saint-Michel et de Saint-Méen-le-Grand (réputé pour guérir la gale et les maladies de peau). Puissants seigneurs ou simples manants, les Bretons cheminèrent en nombre vers le tombeau de l'apôtre Jacques, en Galice.

La création d'hôpitaux ou aumôneries, sur leur passage, est attestée dès le XIe siècle.

Les preuves écrites concernant le pèlerinage de Compostelle et les Bretons sont bien plus nombreuses qu'on pourrait a priori le penser. Citons à titre d'exemple :

• Un acte du cartulaire de l'abbaye Sainte-Croix de Quimperlé.

Il y est fait mention de la donation faite à celle-ci, par Guillaume, receveur de l'église de Nantes, en 1093, du tiers de ses biens... *si la dévotion le prend d'aller en pèlerinage à Saint-Pierre ou à Saint-Jacques... et qu'il y meurt.*

Abbaye Saint-Mathieu-de-Fineterre (Finistère).

Moustoir-Remungol (Morbihan). Statue de la fontaine.

Saint-Coulitz (Finistère). Chapelle Saint-Jacques.

• L'enquête de canonisation de saint Yves (XIVe siècle)

On y apprend qu'*Hamon, de Toul-Efflam, en Plestin, âgé de soixante ans, serviteur de Dom Yves pendant plus de quatre ans, le quitta pour aller, pendant un jubilé, au tombeau de saint Pierre et saint Paul, puis à Saint-Jacques-de-Compostelle...*

• Un acte du duc de Bretagne Jean V, du mois de mai 1407, autorise la quête, dans le duché, *pour l'entretien de l'hôpital de Roncevaux où affluent tant de pèlerins se rendant à Compostelle.*

Fait prisonnier à Champtoceaux, en 1419, par les Blois-Clisson, ses rivaux, Jean V fait le vœu d'aller à Compostelle s'il recouvre sa liberté. Après sa libération, ne pouvant s'y rendre lui-même, il envoie chaque année, à Pâques, un pèlerin par procuration, *porter à Monseigneur saint Jacques, son offrande de trente écus d'or.*

Arrêtons là cette énumération de mandements, actes ducaux ou notariés pour nous pencher, sans plus tarder, sur les chemins suivis par les Jacquets.

Les chemins de Saint-Jacques en Bretagne

Lorsque je dus sillonner notre « belle province », du printemps à l'automne 1996, à la recherche de ces « goh hent » (vieux chemins), je ne me doutais absolument pas des trésors jacquaires que j'allais découvrir : des ruines majestueuses de l'abbaye de Beauport à la minuscule chapelle Saint-Jacques de Fégréac, du superbe vieux pont de Brech à l'émouvante église Saint-Jacques de Nantes, la Bretagne a heureusement gardé le souvenir des pèlerins de Compostelle.

Les précieuses études des érudits, René Couffon et Jean Fardet, nous font découvrir les réseaux des chemins et maisons-Dieu de ces régions. Cet ouvrage se voulant avant tout une « invitation à partir », qu'il me soit permis de mettre en valeur quelques sites, sur deux des principales voies empruntées par les Jacquets.

La voie de l'abbaye Saint-Mathieu-de-Fineterre à Nantes

L'abbaye Saint-Mathieu-de-Fineterre

Le 2 août 1371 et le 2 août 1372, le pape d'Avignon *accorde des indulgences à ceux qui contribueront à la réparation de l'hôpital Saint-Julien, en tête du pont de Landerneau fréquenté par un grand concours de pèlerins se rendant soit à Saint-Michel au mont Gargan, soit à Saint-Mathieu-de-Fine-Terre.*

Au XVIIe siècle, l'historien Albert Le Grand précise dans son ouvrage « La Vie des saints de Bretagne » que : *le pèlerinage de l'abbaye de*

Le Faou (Finistère). Église Saint-Sauveur, Porche des Apôtres.

saint Mathieu est l'un des plus célèbres de la province...

Aujourd'hui, lorsque l'on contemple les ruines de l'abbaye, « coincées » entre deux phares, on a du mal à admettre de telles affirmations. Et pourtant, du début du XIIe siècle à la Révolution, l'abbaye de Saint-Mathieu a reçu des foules innombrables de pèlerins du Léon, de la Bretagne... et des îles Britanniques.

La présence, en ces lieux, du « chef » de l'apôtre Mathieu, auteur du Premier Évangile, est la raison majeure du pèlerinage. Des récits légendaires racontent les circonstances de l'arrivée de ce précieux « corps saint » sur cette pointe du bout du monde. C'est précisément pour exposer cette insigne relique que fut édifié, au début du XIIIe siècle, le superbe chœur que l'on admire aujourd'hui dans les vestiges de l'église.

L'abbaye bénédictine connut une prospérité telle, qu'elle éveilla bien vite les convoitises... des Anglais qui la pillèrent à plusieurs reprises au XIIIe siècle. Ce fut le début d'une longue décadence qui se prolongea jusqu'à la Révolution.

Il faut prendre tout son temps pour découvrir l'ancienne église abbatiale et les magnifiques points de vue sur l'océan, avant de mettre le cap sur Saint-Renan.

Saint-Renan

Cheminant sur l'ancienne voie romaine, les Jacquets entraient dans la paroisse de Saint-Renan au lieu-dit « Pont-l'Hôpital », en franchissant le « pont romain » édifié sur l'aber. Il y demeure une maison aux cheminées des XVe et XVIe siècles, qui rappelle les aumôneries de l'époque. Saint-Renan possédait par ailleurs une chapelle et un faubourg « Saint-Jacques » qui prouvent bien les liens de la cité léonarde avec le pèlerinage.

Par Guipavas (ancien hôpital de Tresguinet) et Landerneau (hôpital Saint-Julien, en tête du vieux pont), les pèlerins poursuivaient leur périple en Cornouaille. Daoulas (et sa célèbre abbaye), L'Hôpital-Camfrout, Le Faou, Châteaulin, Quimper, Bannalec (très belle chapelle Saint-Jacques au village du même nom), autant de haltes possibles sur le vieux chemin, jusqu'à Quimperlé.

Quimperlé

La cité des trois rivières (l'Ellé, l'Isole et la Laïta) mérite une visite détaillée, car elle possède encore aujourd'hui plusieurs monuments témoins du passage des pèlerins :

• La chapelle Saint-Eutrope (haute ville)

Ouverte au public lors des journées du patrimoine, c'est la chapelle de l'ancien hôpital Frémeur. Édifié au XIIIe siècle, à la limite des remparts de la cité médiévale (par peur des maladies contagieuses), l'hôpital fut restauré au XVIe siècle.

La chapelle bâtie à cette époque est l'une des rares « chapelles d'hôpitaux » subsistant en Bretagne. Elle est disposée sur trois niveaux : au rez-de-chaussée, se trouvait le dortoir des femmes, au premier étage, celui des hommes, les combles étant également aménagés en chambrettes. Les malades pouvaient ainsi suivre la messe de leur lit.

• L'église Sainte-Croix (basse ville)

La construction de l'église abbatiale de Sainte-Croix a commencé en 1083, pour ne s'achever qu'au XIIe siècle. L'écroulement du clocher, en 1862, a entraîné une reconstruction (fidèle) de l'édifice par l'architecte Bigot. Son plan en rotonde, inspiré de l'église Saint-Sépulcre de Jérusalem, rappelle sa vocation d'église de pèlerinage. Ne manquez pas d'en visiter les parties les plus anciennes (XIe siècle) :

• Le chœur

• La crypte ; on y découvre deux gisants, dont celui de saint Gurloës (du XVe siècle). Saint « guérisseur » réputé, un passage fut aménagé pour que les malades souffrant de la goutte ou des rhumatismes puissent passer sous le tombeau… et retrouver ainsi la santé !

Chapelle Saint-Jacques à Brec'h (Morbihan).

Quittant Quimperlé (et ses ruelles médiévales), on se dirige ensuite sur Pont-Scorff, par le RD 62. Le vieux pont construit sur le Scorff marque les limites des communes de Cléguer et Pont-Scorff :

• Côté Pont-Scorff, on y trouve les ruines de la chapelle des hospitaliers de Saint-Jean-de-Jérusalem.

• Côté Cléguer, la petite chapelle dédiée à Notre-Dame-de-Bonne-Nouvelle (citée en l'an 1235) renferme un gisant que l'on dit être celui de la Dame de Tronchâteau (du nom de l'ancienne châtelaine des lieux).

Par Hennebont (quartier médiéval), Brandérion (chapelle Sainte-Anne du XIVe siècle), Landévant (chapelle de Locmaria-er-Houet) et Landaul, on atteint Brech, « l'Ostabat » breton !

Brec'h

Peu avant le bourg, le carrefour des « Quatre-Chemins » porte bien

Statue de saint Jacques à Brec'h.

Arzal (Morbihan). Village de Lantiern, chapelle templière.

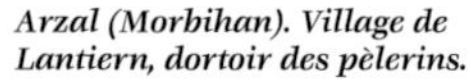

Arzal (Morbihan). Village de Lantiern, dortoir des pèlerins.

son nom. C'est à cet endroit que se rejoignaient deux grands chemins suivis par les Jacquets : celui de Bretagne-Sud, de Landerneau à Nantes et celui de Bretagne-Nord, passant par Carhaix.

Tout près de ce croisement, la chapelle de la Madeleine, disparue dans les années cinquante, gardait le souvenir d'une ancienne aumônerie.

Au cœur du vieux bourg, aux chaumières parfaitement restaurées, l'église Saint-André possède de très beaux chapiteaux romans décorés de crossettes, feuilles stylisées et autres personnages mystérieux. On y découvre également une statue de saint Jacques, avec ses attributs de pèlerin, qui se trouvait naguère à la chapelle Saint-Jacques, à la sortie du bourg, sur le chemin du Pont-Brec'h.

Cette chapelle, datée de 1464, présente un superbe portail du gothique flamboyant, où se devinent encore des blasons martelés. Avec ses champs et vergers alentour, la chapelle était un point de rassemblement important pour les Jacquets de Basse-Bretagne...

Par le petit chemin en contrebas de la chapelle (très belle fontaine), ils rejoignaient (comme nous aujourd'hui) le vieux pont construit sur le Loc'h. Tout semble à l'abandon dans ce site empreint de romantisme, et pourtant, quelle émotion en foulant les antiques pavés de ce « Pont-Brec'h » sorti du temps !

Par Sainte-Anne-d'Auray, Mériadec, La Chapelle-de-Béléan (mérite une halte), Vannes (vieux quartiers), Theix, Muzillac, on se rapproche du passage, autrefois redouté, de la Vilaine.

Peu avant Arzal, **le village de Lantiern** accueillait les Jacquets désireux d'y vénérer la relique de la vraie croix, exposée dans la chapelle. Il faut absolument visiter cette chapelle dédiée à Notre-Dame et à saint Jean-Baptiste.

En dépit de restaurations des XVe et XVIIe siècles, elle témoigne parfaitement de l'art de construire des Templiers (fondation attestée en 1182). La façade montre une austérité toute templière avec des contreforts encadrant l'ouverture (meneaux plus tardifs), le clocher, avec à la base une tour carrée se terminant en octogone, est remarquable. À l'intérieur, le plan au sol – une nef, un seul bas-côté – date de la fondation. Les sept autels en pierre (il y en avait un huitième autrefois) témoignent de l'importance des pèlerinages. Un des chapiteaux reposant sur une colonne polygonale à la base en avancée (spécificité templière) montre une étrange tête couverte d'un capuchon : s'agit-il de la représentation d'un de ces moines chevaliers ?

Sa très grande renommée était due à la présence d'une relique de la vraie croix, sertie dans une croix d'argent, qui disparut à la Révolution. On découvre encore d'autres trésors dans cette chapelle : l'ancienne tribune seigneuriale, les pièces qui servaient de « dortoir » et de « réfectoire » aux pèlerins de passage. Le hameau est à l'unisson avec ses vénérables maisons des XVIe, XVIIe et XVIIIe siècles.

De Lantiern, la voie romaine menait aux sites de Noy et de Béléan où les pèlerins prenaient le bac pour franchir la rivière. Le passage de la Vilaine (avec ses droits fort « juteux ») fut l'objet d'une concurrence sévère, au cours des siècles. Mais La Roche-Bernard, fondée par les Normands au Xe siècle, entreprit de capter ce flot de Jacquets (si rémunérateur). Un bac s'y établit au XIe siècle. En 1252, le duc de Bretagne Jean Le Roux concéda des droits de passage aux cisterciens de l'abbaye de Prières. La rivalité pour ces fameux « droits » était si grande que les seigneurs de Malestroit et de Rochefort, jaloux, firent détruire les barques, en 1275.

Ayant enfin franchi la Vilaine, les Jacquets cheminaient vers Nantes, soit directement par Pontchâteau et Savenay, soit par Guérande.

La voie de l'abbaye de Beauport à Redon

C'est une randonnée au cœur de la Bretagne médiévale qui est proposée avec ce « grand chemin », emprunté autrefois par de nombreux pèlerins britanniques. Pour l'avoir parcouru en tout sens, je puis vous assurer qu'il offre une découverte de la Bretagne authentique, par les « chemins de traverse ».

L'abbaye de Beauport

À la fin du XIIe siècle, Alain d'Avaugour, seigneur du Trégor-Goëlo, décide de fonder une abbaye, à la mémoire de ses parents. Il choisit un emplacement idéal, situé dans une anse abritée, sur un site déjà utilisé par les Romains : « Bellus-Portus » (Beau-Port). Puis il fait appel aux chanoines de l'ordre des Prémontrés, de l'abbaye de La Lucerne, dans la Manche.

Paimpol (Côtes-d'Armor). Abbaye de Beauport. Salles des hôtes.

Un chanoine se différencie d'un moine : il n'est pas cloîtré, il peut exercer le sacerdoce comme un prêtre, et dans le cas de Beauport, accueillir pauvres et pèlerins. Telle fut bien la vocation de Beauport.

Dépositaire des précieuses reliques de saint Riom et saint Maudez, Beauport assurait l'accueil des pèlerins en provenance d'Irlande,

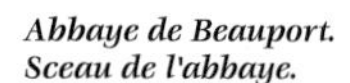

Abbaye de Beauport. Sceau de l'abbaye.

Trémeven (Côtes-d'Armor). Fontaine Saint-Jacques.

d'Écosse ou de Cornouailles comme des Jacquets du Trégor et du Goëlo. Desservant de nombreuses paroisses sur les évêchés de Saint-Brieuc, Dol-de-Bretagne et Tréguier ainsi que neuf paroisses outre-Manche, au diocèse de Lincoln, les chanoines-recteurs de Beauport suscitèrent bien vite la jalousie, d'autant que leur abbé avait rang d'évêque.

Acquise en 1992 par le Conservatoire de l'espace littoral, l'abbaye de Beauport revit aujourd'hui une « seconde jeunesse » :

• Les visites guidées permettent d'en saisir toutes les facettes de l'histoire et de l'architecture, tout particulièrement les vestiges de l'église abbatiale, à l'appellation (si juste) de « Notre-Dame-du-Bon-Voyage ».

• En juillet-août, les meilleurs conteurs de Bretagne assurent le succès des « jeudis de Beauport ».

• Un circuit en boucle offre une agréable randonnée autour du domaine de l'abbaye.

Par la RD 6, nous rejoignons ensuite le temple de Lanleff (ancienne église romane au plan en rotonde, comme Sainte-Croix de Quimperlé) puis, la chapelle Saint-Jacques de Trémeven. La statue de saint Jacques qui trône à la fontaine est considérée comme l'un des chefs-d'œuvre de la statuaire bre-

Abbaye de Beauport. Vue sur mer.

tonne. Datée du XVe siècle, cette statue en kersanton représente l'apôtre en tenue de pèlerin, les traits de son visage respirent la plus grande sérénité.

Par la RD 7, nous prenons la direction de Châtelaudren, l'ancienne capitale du Goëlo (admirables peintures murales de la chapelle Notre-Dame-du-Tertre), puis Cohiniac, pour atteindre Quintin.

Quintin

Site apprécié des Romains, où passaient deux grandes voies, Quintin va se développer au XIIIe siècle, à l'abri du château édifié au tout début de ce siècle.

Au début du XVe, la chapelle du château devient collégiale, en raison de la présence d'une relique inestimable : un fragment de l'une des ceintures de la Vierge qui aurait été rapportée de Terre sainte par Geoffroy Botrel, le premier seigneur de Quintin. La vénération de cette relique s'est perpétuée à travers les siècles (et tout particulièrement auprès des Jacquets de passage).

À Quintin, « petite cité de caractère », il faut découvrir ses vieilles maisons, la basilique Notre-Dame et le château (XVIIe-XVIIIe).

De l'autre côté de la D 790, la chapelle Saint-Eutrope, sur la route de Quintin à Lanfains, était sans doute une halte sur le chemin des pèlerins. Par la RD 7B et la RD 35, on arrive à Merléac, dont la chapelle Saint-Jacques, au village de Saint-Léon, vaut largement le détour.

Au carrefour de deux grands chemins, Saint-Léon possédait autrefois sept édifices religieux. Seule la chapelle Saint-Jacques est parvenue jusqu'à nous... mais en quel état ! Si les murs dont la construction remonte au XIVe siècle ont résisté à l'usure du temps, il n'en est pas de même à l'intérieur : les peintures murales et lambris peints (du XVe), d'une valeur artistique inestimable, tombent en lambeaux. Et que dire des statues laissées à l'abandon !

Merléac (Côtes-d'Armor). Lambris peints : saint Jacques prêchant.

Quintin (Côtes-d'Armor). Reliques de la ceinture de la Vierge.

Notre-Dame-du-Roncier et la fondation de Josselin

La tradition rapporte qu'au IXe siècle, en l'an 808, un pauvre laboureur défrichait une terre inculte lorsque, au milieu des ronces, il découvrit une statue en bois de la Sainte Vierge. En priant devant l'humble hutte de branchage, que son père avait construite pour abriter la statue, sa fille aveugle recouvra la vue. On y édifia une chapelle : « Notre-Dame-du-Roncier ». Des flots de fidèles vinrent la visiter, de nombreuses guérisons furent obtenues. Guéthenoc, vicomte de Porhoët, témoin de l'affluence que provoquait la statue de Notre-Dame-du-Roncier sur les bords de l'Oust, résolut de quitter son château de Thro, en Guilliers, pour se fixer près d'elle, et commença, vers 1025, la construction d'un nouveau château qu'il appela Josselin, du nom de son fils.

Pardon de Notre-Dame-du-Roncier, le 8 septembre. Josselin (Morbihan).

Du moins pouvons-nous encore y contempler la superbe verrière du chœur, datée de 1402, œuvre du maître verrier de Rennes, Gil Béart. Huit scènes de la vie de la Sainte Vierge et huit autres de la vie de saint Jacques y sont représentées. Aux dires des spécialistes, c'est tout simplement un chef-d'œuvre du vitrail en Bretagne.

De Saint-Léon, par la RD 69, nous rejoignons Le Quillio, puis, par la RD 74, Saint-Caradec. En suivant les petites routes longeant l'Oust, nous passons ainsi par Hémonstoir, Saint-Gonnery, Rohan (chapelle Notre-Dame-de-Bonne-Encontre), Lanouée (admirable chapelle de Pomeleuc) pour atteindre Josselin.

Josselin

Par la rue et l'hôpital Saint-Jacques, les Jacquets pénétraient autrefois dans l'ancienne capitale du Porhoët. Véritable ville-carrefour de grands chemins fréquentés au Moyen Âge, Josselin s'est développée au XIe siècle, à l'abri du château des vicomtes de Rohan. Jusqu'au XVIe siècle, cette famille, le château et la ville vont jouer un rôle très important dans l'histoire de la Bretagne.

Plusieurs monuments témoignent encore aujourd'hui de cette époque glorieuse :

- Le château (l'un des plus beaux de Bretagne), fortifié par Olivier de Clisson au XVe siècle et remanié par le duc Jean II de Rohan au siècle suivant.
- La basilique Notre-Dame-du-Roncier

De l'église romane originelle ne subsistent que quelques colonnes et chapiteaux. Au XVe siècle, Olivier de Clisson l'embellit en y faisant construire le chœur et la chapelle Sainte-Marguerite où se trouvent aujourd'hui son gisant et celui de son épouse Marguerite de Rohan. Chaque année, le 8 septembre, se déroule le grand pardon de Notre-Dame-du-Roncier.

De Josselin, par la RD 4, on arrive à Saint-Servant-sur-Oust. Tout près du bourg, le village de Saint-Gobrien, au bord du canal de Nantes à Brest, se visite pour ses très

Malestroit (Morbihan). Maison de la Truie qui file.

anciennes maisons de granit et surtout, la chapelle de Saint-Gobrien.

Bâtie, vers le XIe siècle, sur l'ancien oratoire du saint, la nef conserve encore une partie romane, le reste étant du XVIe siècle. Elle est surmontée d'une chambre réservée autrefois aux malades venant de fort loin prier saint Gobrien. N'avait-il point le pouvoir de guérir les furoncles, panaris et autres maladies de peau ? Près du chœur, le remarquable tombeau de saint Gobrien est daté du XIVe siècle.

Poursuivant notre pérégrination par la RD 151, l'on passe ensuite par Lizio (très belles maisons de granit des XVIIe et XVIIIe siècles et chapelle Sainte-Catherine, à la symbolique étonnante), puis Sérent. Par la RD 164, on rejoint Malestroit.

De l'ancienne place forte médiévale, demeurent d'antiques maisons des XVe et XVIe siècles, aux noms singuliers : « La truie qui file », « Maison du singe ou de pélican », etc. L'église Saint-Gilles complétera la visite.

La RD 774 nous mène ensuite à Rochefort-en-Terre, « petite cité de caractère », fort célèbre. Sa renommée ne date pas de sa récente mise en valeur : dès le XIIe siècle, une église y fut édifiée pour abriter la statue de « Notre-Dame-de-la-Tronchaye » (découverte dans un tronc d'arbre par une bergère, selon la tradition).

Comme Notre-Dame-du-Roncier, à Josselin, Notre-Dame-de-la-Tronchaye, à Rochefort-en-Terre, est l'objet d'un pèlerinage toujours très vivant (pardon le troisième dimanche d'août).

Outre la magnifique collégiale des XVe et XVIe siècles, il faut voir le calvaire, véritable « Bible de pierre ».

Par Malansac (ancien prieuré de la Madeleine-de-la-Montjoie, fondé par les seigneurs de Rochefort), on se dirige vers Redon, à la fière devise : « Petite ville, grand renom ».

Redon

C'est en 832 que Conwoïon, archidiacre de Vannes, fonde une abbaye en un « lieu désert », au carrefour des deux rivières les plus

Carentoir (Morbihan). Village du Temple. Église Saint-Jean. Gisant en bois d'un « templier » XIIIe siècle.

« La Vilaine : le chemin de Saint-Jacques »

Une légende locale explique ainsi la décadence de Rieux et la naissance de Redon : saint Jacques, en personne, remontait la Vilaine dans une barque et voulut s'arrêter à Rieux. Il en fut chassé à coups de battoir par des lavandières ; « Ingrate ville, s'écria-t-il, tu seras détruite », et il alla sur-le-champ fonder la ville de Redon.

importantes de la Bretagne : la Vilaine et l'Oust. L'abbaye prospère tant que le « roi de Bretagne », Nominoë, s'appuie sur elle pour affermir son pouvoir.

L'abbaye joue un rôle capital dans l'histoire politique, religieuse et économique du royaume breton. La cité se développe rapidement, tout comme le port, avec le commerce du sel, des épices, du fer d'Espagne, etc. On exporte la laine, le bois ou les grains.

Au XIe siècle, une magnifique église romane y est édifiée : l'église abbatiale Saint-Sauveur. (De cette époque datent la nef, le transept et les chapiteaux de l'église actuelle.)

Au XIIe siècle, le duc de Bretagne, Alain IV Fergent, fait construire la tour romane, à la croisée du transept : c'est le monument roman le plus célèbre de Bretagne.

Durant tout le Moyen Âge, les pèlerins de Compostelle ou du Mont-Saint-Michel ont afflué à Redon : « l'avenue du Pèlerin », « la rue Saint-Michel », « le quai Saint-Jacques » rappellent leur passage. Il faut savoir également qu'ils y étaient attirés par la présence dans l'abbaye de très précieux « corps saints », ceux de saint Conwoïon, saint Marcellin et saint Apothème.

Le port de Redon ; en amont le pont et le château de Rieux.
Les merveilles de la Vilaine *(1543).*

Rieux et Fégréac

Le passage de la Vilaine par Redon s'est trouvé très longtemps en concurrence avec un gué fréquenté depuis l'époque romaine, celui de Rieux à Fégréac. Dans cette localité, au pied de la butte Saint-Jacques dominant le canal de Nantes à Brest, une toute petite chapelle, dédiée à l'apôtre, rappelle le passage des Jacquets sur cette ancienne voie romaine.

Le gué, pavé de grosses pierres, fut remplacé par un pont de bois, sur lequel les seigneurs de Rieux percevaient un droit de passage. Qu'ils viennent de Redon ou de Rieux-Fégréac, les Jacquets se rejoignaient ensuite au « moulin du pèlerin », en Plessé, pour y cheminer vers Nantes, par Blain ou Bouvron.

Les chemins de Saint-Jacques en Pays de Loire et en Vendée

Le passage de la Loire, le « grand fleuve sauvage », s'avérait un problème délicat pour les Jacquets, au Moyen Âge. Si l'immense majorité des pèlerins cheminait jusqu'à Nantes, véritable carrefour où aboutissaient les voies pérégrines de Bretagne, certains préféraient prendre le bac à Lavau (ou Rohars), pour atterrir au port du Migron, ou encore, celui menant au Pellerin.

Nantes

Tous les chemins (jacquaires) mènent à Nantes, au vu de la carte des voies suivies par les pèlerins.

De nombreux hôpitaux, hospices et aumôneries les y accueillaient. De plus, ils pouvaient y vénérer des reliques réputées : un *clou de la crucifixion dans la cathédrale, trois pierres extraites du rocher où s'assit Notre-Seigneur quand il ressuscita du Mont Calvaire*, à l'hôpital Saint-Jean-des-Hospitaliers, etc.

La traversée de la Loire se faisait sur le fameux « pons nannetis », ligne de cinq ponts établis entre les deux rives. Le prieuré Saint-Jacques de Pirmil leur assurait ensuite une halte appréciée de tous, avant de repartir sur les chemins de Vendée ou du Poitou.

De cette prestigieuse époque, l'église Saint-Jacques en témoigne encore de nos jours : l'ancienne chapelle du prieuré se distingue par le chevet, le transept et quelques chapiteaux de l'époque romane. À côté, l'hôpital Saint-Jacques a été édifié au XIXe siècle, sur l'emplacement de l'ancien prieuré.

De Saint-Jacques de Pirmil, plusieurs solutions s'offraient aux Jacquets :

Cheminer jusqu'à l'un des ports d'embarquement pour Compostelle : au Bourgneuf, Saint-Gilles-sur-Vie, Talmont ou La Rochelle.

Rejoindre Poitiers, par Clisson, Mortagne, Bressuire et Parthenay.

Descendre directement sur Saintes, par Montaigu, Velluire et Surgères, ou aller à Saint-Jean-d'Angély, en passant par Pouzauges et Niort.

Le relais Saint-Jacques-de-Compostelle à Palluau, en Vendée

Depuis l'été 1993, une remarquable exposition sur les chemins de Saint-Jacques en Pays de Loire et Vendée se tient au « Relais Saint-Jacques-de-Compostelle » à Palluau. Ouverte en permanence du 1er mai au 30 septembre, c'est la bonne adresse pour tout savoir sur les chemins, sites et monuments témoins du passé jacquaire de ces régions. (Renseignements complémentaires au District, 2, rue du Pont-Levis, 85670 Palluau, tél : 02 51 98 52 21).

Nantes (Loire-Atlantique). Église Saint-Jacques. Chapiteau des Vendangeurs.

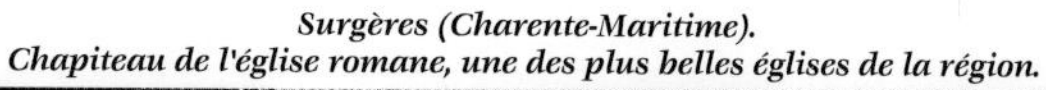

Surgères (Charente-Maritime).
Chapiteau de l'église romane, une des plus belles églises de la région.

El Camino

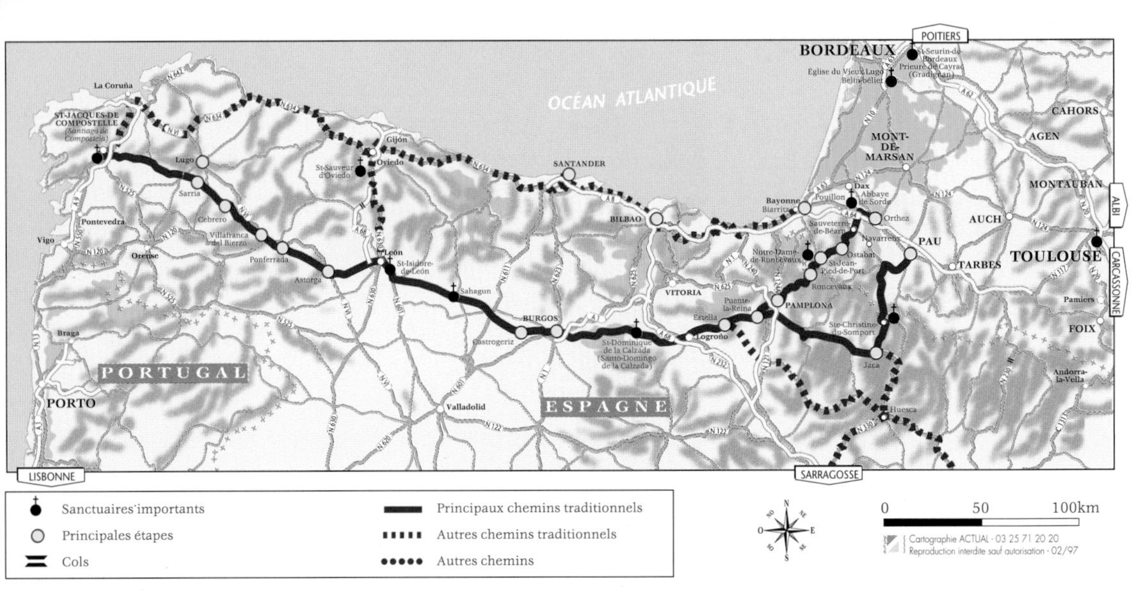

Dallage de galets. Chapelle d'Eunate.

F r a n c e s

Le chemin de Saint-Jacques en Espagne

« Montjoie ! »

Tel était le cri de joie poussé par les Jacquets, au sommet du Monte Del Gozo, qui domine Santiago de Compostela.

Tel est également celui que vous pourrez clamer bien haut, à l'issue des huit cents kilomètres du « Camino Frances », le chemin de Saint-Jacques, en Espagne.

Muni de l'indispensable « Credencial » (carte du pèlerin à faire tamponner à chaque étape), vous suivrez un chemin parfaitement balisé, objet de tous les soins des provinces traversées : Aragon, Navarre, Castille, Léon, Galice.

L'été la chaleur est si lourde, qu'il faut marcher très tôt le matin (de 5 heures à midi par exemple) et rechercher ensuite l'un des nombreux refuges ouverts (à prix très modiques, souvent gratuits) aux pèlerins, sur présentation du « Credencial ».

Il existe plusieurs guides détaillant complètement les étapes, moyens d'hébergement, etc. (voir

Le col du Somport. Santiago n'est plus qu'à 865 kilomètres !

Bourdon sculpté appartenant à l'écrivain Jean-Claude Bourlès qui a effectué le pèlerinage à plusieurs reprises.

Monastère San Juan de la Peña situé entre le col du Somport et Puente la Reina.

« Le roi du pèlerinage »

Au Moyen Âge, une tradition bien établie voulait que le premier Jacquet arrivé au sommet du Monte Del Gozo dominant Compostelle, après avoir crié « Montjoie » et lancé son chapeau en l'air, soit déclaré « roi du pèlerinage ». Ses descendants étaient autorisés à prendre le nom de Leroy, en vertu de cette distinction.

bibliographie). Tel n'est pas mon propos. Tout au plus, souligner quelques villes ou monuments, d'un intérêt particulier.

Puente la Reina

C'est historiquement le point de départ du Camino Frances, puisque depuis l'origine du pèlerinage, les Jacquets, passant par le col de Roncevaux ou celui du Somport, se rejoignaient en cette petite cité.

À l'entrée de la ville, une statue de bronze, représentant un pèlerin en marche, porte l'inscription : *y desde aqui, todos los caminos se hacen uno* (à partir d'ici, tous les chemins ne font plus qu'un).

« Puente la Reina » (le pont de la Reine) doit son nom à une reine de Navarre (Doña Estefania ou Doña Elvira, selon les historiens), qui, au XIe siècle, fit bâtir un pont sur le Rio Arga, pour permettre aux pèlerins de poursuivre leur chemin même en cas de crue. À lui seul, le vieux pont aux cinq arches vaut le déplacement. Il serait tout de même dommage de ne pas visiter l'église du crucifix, attenante à l'ancien hôpital des pèlerins et la rue principale avec l'église de Santiago, où trône une superbe statue de saint Jacques, sculptée dans le cèdre.

Estella, la « Tolède du Nord »

Célébrée dans le « Guide du pèlerin » pour son « eau excellente », Estella regorge de monuments témoins de son glorieux passé : église San Padro de la Rua et son cloître, la vieille ville, etc.

Santo Domingo de la Calzada, « Saint Dominique de la chaussée »

Cette petite ville porte le nom du bienheureux Dominique qui consacra tout son temps et son énergie à construire et améliorer la chaussée entre Najera et Redecilla, pour faciliter la pérégrination des Jacquets.

Burgos

La capitale de la Castille possédait autrefois trente et un hôpitaux ou aumôneries destinés à l'accueil des Jacquets. Sa cathédrale, célèbre dans toute l'Espagne, a toujours été très fréquentée par les pèlerins.

Fromista

L'église romane de Saint-Martin est considérée comme l'une des plus belles églises inspirées par le pèlerinage de Compostelle.

Léon

Sa fameuse cathédrale gothique croule sous les éloges... justifiés !

La Galice

Cette province « celte » a su préserver son identité. De l'avis général des pèlerins, c'est avec l'Aubrac, l'une des plus belles régions traversées par le chemin de Saint-Jacques.

L'église d'O Cebrero conserve encore, dans des ampoules d'argent, le « santo milagro » : rappel d'un miracle qui s'y serait déroulé au début du XIVe siècle, quand le pain se serait transformé en chair et le vin en sang. C'est assurément l'un des hauts lieux du pèlerinage jacquaire.

Par monts et par vaux, le magnifique chemin de Galice nous mène aux portes de la cité de l'apôtre

Jacques, Compostelle. Mais avant d'y pénétrer, il fallait se purifier. Aussi les Jacquets se lavaient-ils entièrement dans le ruisseau de la Bacolla, avant de gravir, tout exaltés, le fameux Monte Del Gozo et pousser, à haute voix, un vibrant « Montjoie ».

Compostelle

Pour les Jacquets d'hier comme pour les pèlerins d'aujourd'hui, Compostelle, *la très excellente ville de l'apôtre, pleine de tous les délices, qui a la garde du précieux corps de saint Jacques*, c'est la Terre promise, la fin d'une longue marche sur « le chemin de l'étoile ».

Haut lieu de la chrétienté depuis le IXe siècle, Santiago de Compostela porte dans les murs de la vieille ville et de son monument le plus célèbre, la basilique, la marque des évolutions subies au cours des siècles.

La basilique

Plusieurs églises se sont succédé en ce lieu sacré pour accueillir dignement le tombeau de l'apôtre Jacques.

Sur la place d'Espagne, appelée également place de l'Obradoiro (ouvrage d'or), se dresse fièrement la façade, véritable chef-d'œuvre de l'art baroque. « Le porche de gloire » du XIIe siècle, œuvre de maître Mathieu, est un pur joyau de l'art roman.

Et comment ne pas s'extasier sur l'extraordinaire beauté intérieure de la basilique : la châsse d'argent qui conserve les reliques de l'apôtre, la « chapelle du roi de France » (superbe retable baroque, en albâtre polychrome), etc.

C'est en mettant sa main dans le creux tracé depuis des siècles, dans la colonne centrale, que le pèlerin de Compostelle voyait la fin de sa longue quête. C'est le geste que vous ferez un jour, au terme de votre pérégrination vers Santiago.

Gisèle Bourlès, présidente de l'Association bretonne des Amis de Saint-Jacques, au terme de son pèlerinage, en la basilique Saint-Jacques-de-Compostelle.

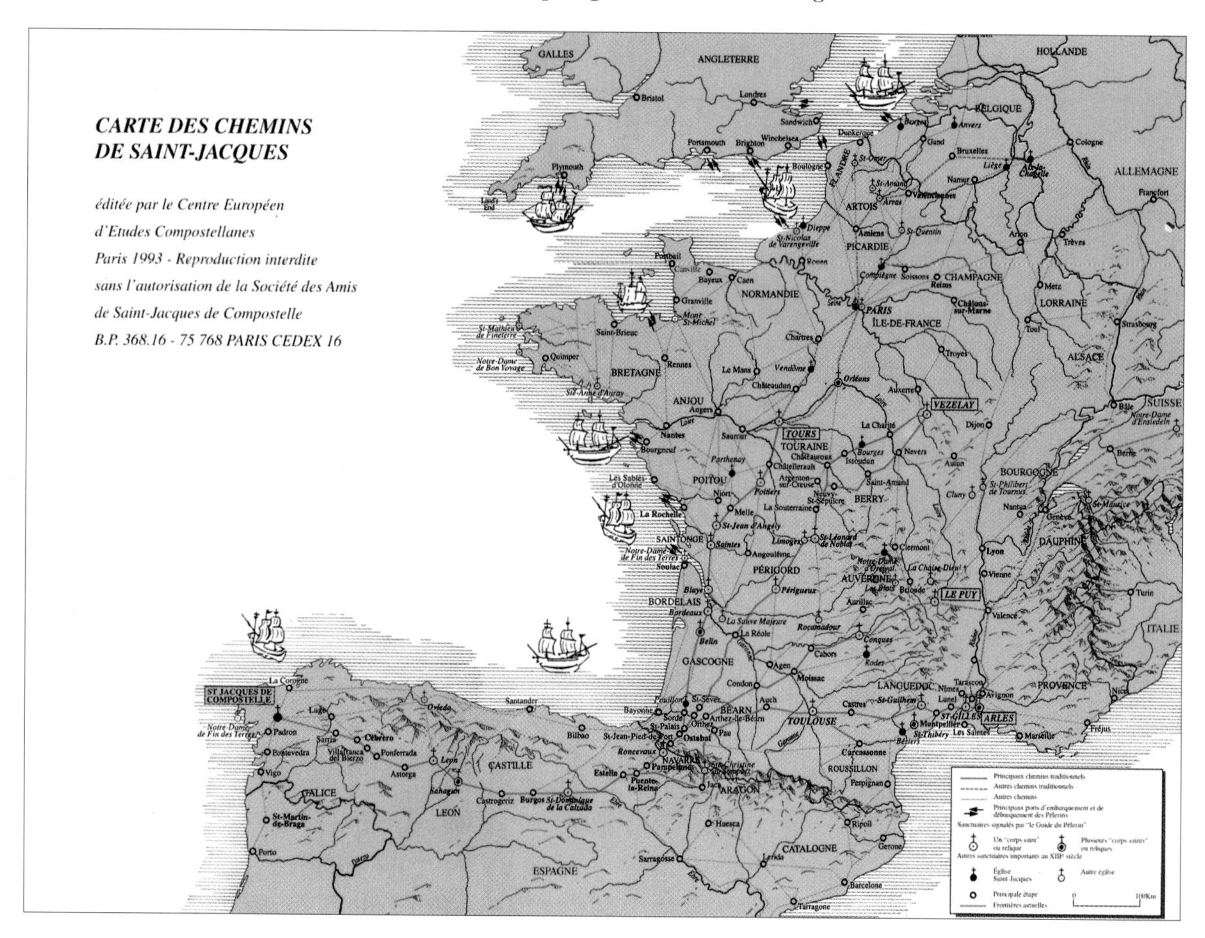

Les Bonnes Adresses

La Société des amis de Saint-Jacques en France
BP 368.16, 75768 Paris Cedex 16.

L'association a été fondée en 1950 par des médiévistes français, notamment Jeanne Vielliard, auteur de l'édition française du « Guide du pèlerin ». C'est la première et la plus ancienne association jacquaire. Elle fournit à ses adhérents les recommandations nécessaires auprès des autorités civiles et religieuses, ainsi que la « carte du pèlerin ». Elle organise des conférences, des expositions photographiques et documentaires, ainsi que des voyages à la découverte du patrimoine jacquaire sur les chemins de Saint-Jacques et publie la revue « Compostelle » (histoire, art, géographie).

En 1985, René de La Coste-Messelière, archiviste-paléographe, a créé à Paris un Centre européen d'études compostellanes consacré surtout à la recherche historique (fichier et notices documentaires), aux expositions (œuvres d'art et documents), colloques, publications scientifiques.

Antennes régionales de l'association parisienne

Il en existe dans certaines régions. Par exemple :

En Aquitaine :
Prieuré de Cayac, avenue du Général-de-Gaulle, 33170 Gradignan.

En Bretagne :
12, rue George-Sand 35235 Thorigné-Fouillard. Tél. : 02 99 62 01 69

En Rhône-Alpes :
35, rue Sainte-Hélène, 69002 Lyon.

Pour l'Espagne :
Office espagnol du tourisme,
43, rue Décamps,
75116 Paris.
Tél. : 01 45 03 82 50.
Oficina de Turismo
43, rua del Villar,
Santiago de Compostela
Tél : 00 34 981 58 40 81.

Fédération francaise de la randonnée pédestre
14, rue Riquet
75019 Paris
Tél : 01 44 89 93 93.

Bibliographie

LES TOPO-GUIDES DES CHEMINS HISTORIQUES

• GR 65. « Sentier de Saint-Jacques », réf. 621 (Le Puy-Conques).
• GR 65. « Sentier de Saint-Jacques », réf. 617 (Conques-Cahors).
• GR 65. « Sentier de Saint-Jacques », réf. 613 (Cahors-Moissac-Roncevaux).
• « Chemins de Saint-Jacques », réf. 698, du Puy-en-Velay à Roncevaux par le GR 65, de Rob Day et Louis Laborde-Balen. Éditions Randonnées pyrénéennes. - FFRP GR 653. « Chemins de Saint-Jacques », réf. 699 (Arles-col du Somport-Puente-la-Reina [Espagne]), de l'abbé Georges Bernes et Louis Laborde-Balen. Éditions Randonnées pyrénéennes - FFRP.

OUVRAGES UTILES

• « Retour à Conques ».
• « Le Grand Chemin de Compostelle »
Par Jean-Claude Bourlès, aux Éditions Payot. Une relation remarquable de l'expérience vécue sur le GR 65, du Puy-en-Velay à Compostelle.
• « Le Guide du pèlerin de Saint-Jacques de Compostelle » par Aimery Picaud.
Texte latin du XIIe siècle, traduit par Jeanne Viellard, Éditions Vrin. Indispensable, pour comprendre le pèlerinage au Moyen Âge.
• « Compostelle », par X. Barral i Altet, Éditions Gallimard.
• « Priez pour nous à Compostelle », par Barret et Gurgand, Éditions Hachette, Livre de Poche.
• « Galice romane et Saint-Jacques-de-Compostelle », Éditions Zodiaque.
• « Sur les chemins de Saint-Jacques », par R. de La Coste-Messelière, Éditions Perrin, 1993.
• « Pèlerins du Moyen Âge », par R. Oursel, Éditions Fayard, 1978.
• Les publications du Centre européen d'études compostellanes : études sur différents thèmes relatifs à la pérégrination au cours des siècles (confréries, hôpitaux, chemins, iconographie, etc.).

Crédit Iconographique

Les photographies de cet ouvrage ont été réalisées par Yvon Boëlle, sauf mentions contraires ci-dessous :

Pages 4 et 20 (h) : Archives Cathédrale de Compostelle, Oronoz-Artéphot ; page 6 (bas à gauche) : DRAC, inventaire général, Rennes ; page 7 : J.-L. Charmet (Paris) ; page 8 (h, d) et page 10 (b) : Bibliothèque municipale (Tours) ; pages 15 : Oronoz-Artéphot ; page 16 (h) : Bibliothèque Sainte-Geneviève (Paris) ; page 20 (b) : Bridgeman-Artéphot ; page 17 (b et h), page 21 (h), page 111 (blasons à droite), page 112 (b) : Bibliothèque municipale (Rennes) ; page 18 (b) : cliché Bernard Mandin , page 34 (h), page 36 (h), pages 44 et 49 (h) : clichés Huchet ; page 97 (b) : Oronoz-Artéphot ; page 102 (b), page 103 : Harold Chapman/Parry ; page 122 : Bibliothèque nationale (Paris) ; pages 124 et 125 (vignettes 1, 2, 5), page 127 (h) : clichés Bourlès ; page 127 (carte) : Société des amis de Saint-Jacques-de-Compostelle

CONCEPTION GRAPHIQUE ET MISE EN PAGE : TERRE DE BRUME
PHOTOGRAVURE SCANN'OUEST
ACHEVÉ D'IMPRIMER EN NOVEMBRE 1999, PAR L'IMPRIMERIE MAME, TOURS (37)
DÉPOT LÉGAL : MARS 1997 - ISBN : 2.7373.2128.X - N° D'ÉDITEUR : 3515.08.09.11.99